너의 목소리가
보일 때까지

너의 목소리가 보일 때까지

펴 낸 날 2020년 4월 24일
2쇄발행 2020년 10월 12일

지 은 이 이샛별
펴 낸 이 이기성
편집팀장 이윤숙
기획편집 윤가영, 정은지
표지디자인 윤가영
책임마케팅 강보현, 류상만
펴 낸 곳 도서출판 생각나눔
출판등록 제 2018-000288호
주   소 서울 잔다리로7안길 22, 태성빌딩 3층
전   화 02-325-5100
팩   스 02-325-5101
홈페이지 www.생각나눔.kr
이 메 일 bookmain@think-book.com

• 책값은 표지 뒷면에 표기되어 있습니다.
  ISBN 979-11-7048-073-0(03800)

• 이 도서의 국립중앙도서관 출판 시 도서목록(CIP)은 서지정보유통지원시스템 홈
  페이지(http://seoji.nl.go.kr)와 국가자료공동목록시스템(http://www.nl.go.kr/
  kolisnet)에서 이용하실 수 있습니다(CIP제어번호: CIP2020013758).

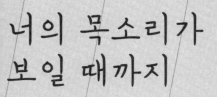

너의 목소리가
보일 때까지

이샛별 감성·육아 에세이

ARKO
문학나눔
2020

'못' 듣는
엄마가 아닌
더 '잘' 보려는
농인 엄마가 전하는
사랑과 희망

생각나눔

함께 살아가야만 완벽한 세상

저는 페이스북을 잘 하지 않습니다. 페이스북이나 인스타그램이나 여러 SNS를 보면 여기저기 정신없이 '나 좀 보세요' 하는 사진들과 단편적인 글들이 난무해서 마음이 시끌시끌해집니다. 하지만 어떤 방식으로든 소통은 해야 하니 마지못한 마음으로 힐끔힐끔 페이스북을 하곤 합니다. 그러던 중 이샛별 님의 글을 보게 되었습니다. SNS와는 어울리지 않는, 약간은 바랜 듯한 원고지에 써내려간 손 글씨. 그런 느낌이 나는 글이었습니다. 그렇게 샛별 님의 이야기, 예준이의 이야기를 엿보게 되었는데 그것이 책으로 엮어진다니 참 기쁜 소식이었습니다.

이 이야기는 소리의 부재 속에서 살아가는 엄마와 아빠가 소리의 존재 속에서 살아갈 아이를 만난 이야기로 시작됩니다. 샛별 님은 글의 서두에서도 이야기했듯이 긴 시간 소리의 부재 속에서 살아왔고, 그럼에도 아이러니하게 늘 소리에 의존하고 소리를 의식하며 살아왔죠.

이 사회는 늘 다수가 정상이고 그것이 곧 기준이 되어버리기 때문에 꽤나 긴 시간을 샛별 님은 이 기준에 맞추어 자신을 설명하는 것에 길들어 있었는지도 모릅니다.

하지만 이야기가 흘러가며 그녀는 자신을 '수어를 언어로 받아들인' 농인으로서 이야기하고 있습니다. 그렇다면 더 이상 그녀는 소리의 부재를 겪는 이가 아닙니다. 소리라는 것은 그저 어떠한 현상을 설명하는 다양한 방법의 하나일 뿐이니까요. 그렇게 그녀는 듣지 못하는 사람이 아닌 더 잘 보는 사람으로 살아가기 시작합니다. 소리를 듣지 못하는 사람, 소리를 잘 듣고 입 모양을 잘 봐야 하는 사람에서 잘 보는 사람으로서의 변화. 이것은 실로 큰 변화입니다. 그의 언어가, 그의 정체성이 달라진다는 것은 무수히 많은 새로운 선택, 무수히 많은 일상의 해석을 만들게 됩니다. 그 변화 속에 단연 큰 역할은 바로 예준이입니다.

생명.

그 생명은 농인과 청인의 구분을 넘어선 신비입니다.

그렇기에 예준이는 단순히 '청인' 혹은 '코다'라는 이름 너머에 있는 한 존재이지요.

그 커다란 존재가 엄마와 아빠를 성장시키면서 아마도 샛별 님도 또 한 번의 정체성의 변화, 성장을 맞이해가는 것 같습니다. 너무도 연약한 한 아이가 다 큰 어른 두 사람을 성장시킨다니. 참 신기하고 재미나지요? 사실 우리의 세상이 모두 그러합니다. 약해 보이는 이들로 인해 강한 척하는 이들이 부끄러워지고, 약하다 여긴 이들로 인해 강한 이들이 메꾸지 못하는 사회의 여러 빈틈이 메꿔지는 것을 보게 되지요.

그래서 이 세상에는 청인과 농인이, 장애인과 비장애인이 함께 살아가야만 완벽한 세상이 아닌가 싶습니다.

그래서 어찌 보면 한 가족 안에 농인과 청인이 함께 있다는 것이 참으로도 완벽한 가정의 모습이 아닌가 싶습니다.

이 세상을 떠나기 전까지 우리는 그 누구도 완성되지 않습니다.

아마도 샛별 님의 글 속에서 완성된 정답을 찾으려고 한다면 아마 여러분은 만족스러운 결과를 얻지 못하실 것입니다. 하지만 샛별 님이 '나'로서 살아가는 여러 모양의 일상들, 그 삶의 작은 생각들을 함께 공유해주어서 우리도 함께 그 성장에 참여할 수 있으니 이 책을 읽을 이유는 이것만으로도 충분한 것 같습니다.

'소리를 보여주는 사람들' 대안학교 대표 김주희

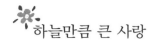

하늘만큼 큰 사랑

"엄마가 엄마지!" 『너의 목소리가 보일 때까지』를 다 읽고 가장 먼저 떠오른 말이에요.

제가 영화 『아들에게 가는 길』에서 했던 대사랍니다.

그때, 저는 청각장애인 부모님을 둔 비장애인 아들 역을 연기했어요.

장애 때문에 엄마, 아빠, 그리고 아들 원효 사이에 갈등이 있었는데요. 결국, 엄마는 글자 그대로 엄마인지라, 아들을 위해 한없는 사랑을 보여주셨어요.

책 『너의 목소리가 보일 때까지』 속 어머니 역시 아들에게 하늘만큼 큰 사랑을 주었지요.

장애는 전혀 문제 될 게 없었어요. 그런 어머니의 크나큰 사랑에 감동해, 책을 읽으며 저도 모르게 눈물 흘리기도 했어요.

언젠가 예준이도 어머니의 깊은 사랑을 이해할 날이 오겠지요? 얼른 그날이 왔으면 좋겠어요.

배우 *이로운*

소리의 부재가 완성한 엄마라는 존재

드라마 『본 대로 말하라』에서 농인 부모님을 둔 코다 역할을 맡았었다. 역할을 연구하기 위해서 관련 영화나 다큐멘터리 등 시청각 자료를 찾아보기도 했고, 실제 코다분을 만나 수어, 지화 등을 배웠다. 짧은 시간이었지만 상대의 움직임이나 감정을 더 사려 깊게 포착하는 모습이 인상적이었다. 내가 만난 모든 친구가 이미 세상 속의 어른이었고, 듬직한 딸과 아들이었다.

책을 읽으면서 예준이의 모습이 머릿속에 자연스럽게 그려졌다. 말로 전할 수 없는 마음까지도 다 느낄 수 있는 엄마를 둔 예준이가 얼마나 멋지고 듬직한 어른으로 성장할지 말이다. 소리의 부재가 완성한 엄마라는 존재는 예준이를 더 단단하고 아름다운 사람으로 만들어줄 것이라 믿어 의심치 않는다. 예준이의 곁에서 모든 순간을 놓치지 않고 함께할 든든한 엄마가 곁에 있기 때문이다.

어른이 된 예준이가, 진심으로 엄마에게 전할 말이 벌써 들리는 것만 같다. 예준이와 어머니의 앞날에 감사와 축복만 가득하길, 온 마음을 다해 응원할 것이다.

배우 최수영

예준이가 훗날 이 책을 읽어나갈수록 느꼈으면 하는 마음으로 시작하였습니다.

'참, 따뜻한 엄마였구나.
나를 위해 이렇게 엄마만의 방법으로 양육해 주셨구나.'

아기가 태어나자마자 가장 먼저 듣는 목소리는 '엄마, 아빠의 목소리'겠지요? 넘실거리는 양수 속에서 동화책을 읽어주던 그 목소리의 주인공을 세상에 눈뜨자마자 만날 수 있는 축복을 누립니다.

저는 세상의 모든 소리 중에서 가장 듣고 싶은 소리가 있습니다.

바로, 사랑스럽기만한 제 아들 예준이의 목소리가 듣고 싶고, 궁금합니다.

청각장애인은 소리의 부재를 가장 먼저 느낍니다. 이후에 소통의 갈망도 느끼게 됩니다. 듣지 못하는 아픔을 품은 채로 성장한 한 여자가 아이를 낳고 나서 비로소 알게 되는 소리의 갈망을 아들이 보여주는 사랑으로 채워나가는 이야기를 여러분 앞에 들려주고 싶었습니다.

어렸던 저는 엄마, 아빠의 목소리를 상상해봤습니다. '다정하고 부드러운 느낌이 아닐까?' 하는 막연함에서 머물렀습니다.

소리의 부재를 알고 나서, 유년기와 사춘기를 지나고 난 후의 많은 마음을 감출 수 없다는 걸 알고 글로 풀어냈습니다. 그 습관은 지금도 유지해 오던 중에 잔잔한 응원을 보내주신 분들이 한결같이 말씀하신 내용이 있습니다.

"우리만 보기에 아깝습니다. 책 한 권 내봐요."

앞서 말했듯이 저는 '농인'입니다. 병리적 관점에서의 청각장애인이 아닌 수어를 자신의 온전한 언어로 받아들인 문화적 관점의 농인으로 인정한 지가 10년이 되었습니다.

수어를 몰랐던 유년기와 사춘기에는, 제 마음을 표현하는 방법을 잘 몰라서 힘들었습니다. 엇갈리는 소통의 테두리에서 스스로 가두기에 바빴던 그 지난 시간 덕분에 지금의 저는 내면적으로 성숙해지는 연습을 할 수 있었습니다.

그러던 어느 날 수어가 이어준 사랑이 이야기합니다.

"외로웠던 그 지난날들은 이제 덮어두고,
우리만의 방법대로 살아가요."

저와 같은 언어를 쓰는 농인 남자를 만나 결혼을 했고, 아들 예준이를 낳았습니다. 아들은 '코다'입니다.

농인 부모 아래서 태어난 청인 자녀를 '코다'라고 명명합니다. 수어를 쓰는 부모 아래에서 어떤 사랑과 이야기를 배울 수 있을까 하는 기대와 걱정 가운데 아들 예준이는 자신만의 속도대로 잘 성장하고 있습니다.

그러나 평범한 사람인데도 농인이기에 경험해야 하는 불편한 출산과 양육 과정에서의 경험담을 읽어나가는 여러분이 어떻게 생각하실지가 궁금합니다.

"한 아이를 키우려면 온 마을이 필요하다."

아프리카 속담이라는 이 말은 한 아이가 온전하게 성장하도록 돌보고 가르치는 일은 한 가정만의 책임이 아니며, 이웃을 비롯한 지역사회 또한 관심과 애정을 가져야 한다는 것을 강조한 말입니다. 아시겠지만 저 혼자서는 아들 예준이를 온전하게 양육할 수 없지만, 여러분의 잔잔한 응원 가운데 다시 일어서서 외칠 수 있는 용기를 한번 내봅니다.

이 책이 나오기까지 많은 도움을 주신 분들에게 이 책을 대신하여 감사의 마음을 전합니다.

이샛별

1. 몰랐던 유년기

몰랐지만, 그래도 모르고 싶었습니다.

2. 못 듣는 사람이 아닌 더 잘 보는 사람

4. 우리의 이야기

"

나처럼 고군분투하고 있을 모든 엄마는 아이를 양육하며 얻는 기쁨과 외로움을 모두 오가며 느끼는 삶을 살아가는 것이라고 나 스스로 이제서야 느끼게 되었다. 양육의 테두리 안에서 성장한 자녀들이 훗날 채워줄 수 있는 영역은 아직도 채워지지 못할 것 같은 느낌이 없지 않았다.

그렇게 나의 아들을 마주할 때마다 몰랐던 나의 유년기를 돌아보게 되었다. 돌아볼수록 부모님을 이해할 수 있는 마음을 품을 수 있었다. 그래서 나의 아들 예준이가 몰랐던 유년기의 사랑을 다시 깨닫는 나를 통해, 충분한 사랑과 따뜻한 삶의 이야기를 들으며 살아갈 수 있도록 조력하는 엄마가 되겠다고 오늘도 반성하고 또 반성하게 된다.

내 어깨에 기대며 잠을 청하는 예준이를 통해 엄마의 등 뒤에 업혀 따뜻한 온기를 느낀 어린 시절의 내 모습을 떠올리는 그 시간은 마치 어린 시절의 내 얼굴을 쓰다듬으며 사랑의 눈빛을 보내던 엄마의 미소와 같았다.

"

몰랐지만, 그래도 모르고 싶었습니다.
'소리의 부재를.'

　　아들 예준이가 태어난 지 한 달이 딱 되었을 때였을까? 낮잠을 자던 예준이의 인기척에 서둘러 젖병에 분유를 타던 중에 '이제 엄마의 목소리가 들릴까?' 하는 마음에 조심스럽게 불러봤다.

　　"예준아? 배고프지?"

　　조심스러웠던 이유는 딱 두 가지였다. 내 목소리에 자신 없었고, 막 잠에서 깨려는 순간을 알기 때문에. '왜 내 목소리에 자신 없었을까?' 사실은 나는 아들 예준이와 다르게 태어나고 나서야 소리의 부재를 가장 먼저 알았던 '청각 장애'를 가지고 있다. '왜 장애를 가지게 되었을까?' 하는 의문을 품기 전까지는 몰랐다. '소리'가 있는지도.

'소리의 부재'를 알게 된 결정적인 계기가 있었다. 놀기에 바빴던 유치원을 졸업하고, 초등학교에 입학하고 나서 새로 사귄 친구가 있었다. 엄마가 담임 선생님께 따로 귀띔하셨을 것이다.

"저희 딸 샛별이가 청각 장애가 있어서….
아무쪼록 선생님께서 잘 신경 써주시면 감사하겠습니다."

엄마의 귀띔이 선생님을 건너 친구들에게도 전해졌는지를 나는 잘 모른다. 지금도. 하지만 그때 그 상황은 나도, 친구들도 제대로 몰랐던 것 같았다.

수업이 끝난 후 잠시 쉬는 시간에 혼자 화장실로 향하던 중에 갑자기 등 뒤에서 '찰싹!' 때리는 바람에 얼얼함 가득한 아픔이 느껴져서 짜증 가득한 얼굴로 뒤를 돌아봤다.

친구의 이름이 잘 기억이 나지 않지만, 까무잡잡한 얼굴형에 귀여움이 가득한 이목구비였던 그 친구의 입 모양은 "야, 너 왜 안 돌아봐?", "내가 몇 번이나 불렀는데도 안 돌아보더라?" 그 순간 난 뭐가 잘못된 건지 한참이나 멍해졌다.

그 순간 파노라마처럼 내 눈앞에 나타난 지금까지의 상황들이 말해 주었다. 엄마가 내 손을 잡고 만난 사람마다 내 얼굴을 번갈아 보며 무언가를 말씀하셨고, 그 말을 들은 사람들은 하나같이 내 얼굴을 측은하게 쳐다봤다. 그리고 담임 선생님이 친구들의 이름을 부르는데 왜 내 이름을 안 부를까 하는 생각과 매일같이 기차를 타고 다니며 인근 지역의 특수학교에서 발음 훈련을 받았던 그 지난 시간이었다. 학교 수업이 모두 끝나고 나서 신발 주머니를 툭툭 치며 혼자 걸어가고 있는데 갑자기 소나기가 내리기 시작했다. '쏴~.' 나는 빗소리를 몰랐다. 그저 머리 위에 내리는 빗방울의 감촉과 손바닥에 묻은 차가움만이 그렇게 '비가 내린다.'라고 말했을 뿐이다. 다른 친구들은 공중전화 부스에 가서 백 원짜리 동전을 넣고, 수화기 너머로 말한다.

"엄마, 나 우산이 없어! 지금 비가 내리고 있어!" 하지만 나는 그걸 못했다. 최선의 방법은 집까지 최대한 비에 흠뻑 젖지 않게 뛰어가는 일이었다. 집에 도착하고 나서 몰아쉬는 숨 사이로 엄마의 입 모양이 보였다. "비가 왔었어? 아휴, 온몸이 다 젖은 거 봐. 엄마가 나가봐야 했는데. 미안해서 어쩌나? 별말 없이 가방을 내려두고 갈아입을 옷을 가지고 화장실에 갔다. 수건으로 젖은 머리를 말리다 말고 세수를 했다. 세수하는데 눈물이 나왔다. '난 친구들이 다 하는 전화를 할 수 없었고, 뒤에서 부르는 친구의 목소리도 몰랐다. 왜 모를까?' 살짝살짝 느껴지기도 했던 그 '소리의 부재'는 한 여름날의 소나기처럼 잠시 왔다가 갔을 뿐인데 아주 오랫동안 아픔으로 남겨진 추억을 안겨다 주었다.

예준이가 '엄마'라는 명사를 알고 부를 때쯤 그 '추억'이 다시 왔다 갔다. 그러면서 그때의 내가 아닌 초등학생이 될 예준이의 마음으로 생각해 봤다. 그때도 워킹맘으로 일하고 있을 내 휴대전화는 '벨 소리'가 아닌 '진동'으로 예준이가 부른다. "엄마, 지금 학교인데 비가 내려. 그런데 나 우산이 없는데. 어떡하지?" 다른 아이들이라면 바로 전화해서 끝날 일이지만, 나는 전화를 받지 못하니 그때는 정말 급하다 싶으면 영상통화로 이야기하거나 카카오톡 메신저로 대화해서라도 해결을 할 수 있었을 것이다. 그때 초등학교에 막 입학했던 나에게는 문자 메시지를 보낼 수 있는 휴대전화가 없었기에 어쩔 수 없이 내리는 비 사이를 가로지르며 집으로 바로 뛰어가야만 했고, 나중에 초등학생이 될 예준이는 엄마의 답장이 올 때까지 마음이 조마조마할 텐데. 그때나 나중에나 서로 비슷한 처지인 것 같아서 조금은 마음이 아린다. 그래도 지금의 나는 엄마가 되었다.

"예준이가 그때의 나처럼 빗방울 속에서 슬프지 않게
언제든지 달려갈게. 엄마만의 속도대로 너에게."

작아진 보청기가 말한다.
'알지 못해도 괜찮아.'

　　아주 어렸을 때의 나는 보청기가 있었다.

　보청기가 울릴 때마다 뒤를 돌아봤을 뿐인데 늘 엄마, 아
빠는 미소 가득한 얼굴이셨다. '아직도 청신경이 살아 있구
나!' 하는 마음뿐이셨기에. 지금의 나는 그 보청기를 마음속
으로 추억하며, 새로 이어몰드를 맞추었다.

　아들 예준이가 나를 찾는 소리라도 들어야 한다는 계기
가 생겼다. 그 계기가 생기기 전까지 보청기는 나의 '귀찮은
친구'였다. 말 그대로 관리가 귀찮았다. 땀과 물 같은 습기에
각별한 주의가 필요했고, 잠들기 전에 보관함에 배터리를 분
리하여 이어몰드 안에 있는 먼지 등을 청소한 후 넣어야지
만 비로소 잠들 준비를 할 수 있었기에. 그러다 보니까 점차
보청기를 찾지 않게 되었다. 중학생이 되고, 고등학생이 되
어서도 보청기가 필요하지 않았다. 어차피 '소리의 부재'를 알

고 나서부터 굳이 보청기를 착용하지 않아도 된다는 생각이 가득하였기에.

그렇게 보청기와의 이별 후 결혼을 해서 아이를 낳았다.

임신 소식을 알고 나서 가장 먼저 들었던 질문이 있는데, 그 질문 내용은 '아이 울음소리는 어떻게 들어요?'였다. 지금은 청각 보조기기가 많이 개발되었고 소리를 인지하여 빛과 진동으로 대체하여 알려주는 기기가 주로 보급되고 있어, 그걸 활용하면 되겠다 싶은 생각이었는데 현실은 정반대였다. 아들 예준이가 태어난 지가 7개월에서 8개월쯤 되었을 때였다. 혼자 앉아서 장난감을 가지고 노는 모습에 잠시 젖병을 씻어야겠다 하던 순간, 예준이가 바닥을 짚고 일어서려다 중심을 잃고 거실에 있는 가구에 이마 정면을 부딪쳤다.

젖병 두 통을 다 씻고 뒤돌아보는데 예준이가 엎드린 채 엉엉 울고 있었다. 얼굴이 빨개질 정도로 오열한 모양이었다. 얼른 예준이를 안아서 달랬는데도 금방 그치지 않았다. 미안함에 오래 안아주며 예준이의 등을 다독거렸다. 많이 아팠고 놀라서 엄마를 찾았는데도 엄마가 금방 뒤돌아보지 않아서 더 서러웠을 것 같았다. 우여곡절 끝에 어린이집에 등원시킨 후에 보청기를 받을 방법을 수소문하였다. 아이가 태어난 이후 보청기를 신청하려고 병원을 한번 찾은 적이 있었는데 보장구 법이 개정되면서 보청기를 신청하는 절차가 훨씬 더 까다로워져 신청이 불발되었다.

이번엔 예준이의 눈물 자국이 마음에 오래 데인 듯이 남았다. 그래서 보청기가 필요하구나 싶어 여러 군데 병원에 전화한 끝에 한 병원에서 청력검사를 다시 하고 보장구 처방전을 받아 겨우 보청기를 받을 수 있었다. 보청기를 받고 나서 관리 방법과 배터리 교환 방법 등을 담당자에게 듣는 순간 어린 시절의 보청기가 생각났다. 그때 그 보청기의 기술을 빌려 딸의 이름을 불렀을 때 호기심 어린 눈빛으로 뒤돌아보는 딸을 얼마나 기다렸을까 하는 부모님의 마음이 조금은 이해가 되었다. 보청기를 받고 밖으로 나서자 어린이집 하원 시간이 다 되어 발걸음을 재촉했다. 예준이를 아기 띠에 매어 집으로 들어가던 중에 승강기 단추를 누르고 보니까 아직 위층에서 내려오지 않아 잠시 기다리고 있는데 보청기가 갑자기 울린다. '우웅, 우웅' 오랜만에 착용한 보청기가 들려주는 낯선 소리에 주위를 둘러보았다. '아무도 없는데 왜 보청기가 울리지?' 하고 있었는데 안겨있는 예준이의 인기척이 느껴져 내려다보니까 예준이가 딸꾹질하고 있었다.

아! 이 소리가 예준이의 딸꾹질 소리였구나. '딸꾹, 딸꾹' 세상의 모든 소리를 알아가고 있는 예준이가 말한다. 보청기를 착용한 엄마를 보며.

그래, 엄마는 너처럼 세상의 모든 소리를 다 알지 못해도 괜찮다. 예준이의 방법대로 엄마에게 알려주는 것만으로 충분하단다.

보청기를 착용한 지 6개월이 다 된 요즘은 예준이와 놀이 하나를 개발했다. 아무도 없는 조용한 집 안에서 우리 둘만 이 하는 놀이 방법은 아주 간단하다. 예준이의 얼굴을 앞에 두고 엄마가 뒤돌아선다. 예준이가 엄마를 부를 때마다 뒤돌 아보며 '까꿍!' 외치며 웃어주는 것이다. 아직은 보청기 청능 에 익숙하지 않아 예준이가 부르는 소리마다 맞춰줄 순 없지 만 어쩌다 들려온 소리마다 뒤돌아볼수록 예준이의 미소가 환해지는 걸 볼 수 있었다. 아이와 같이 있을 때는 가장 나 다워질 수 있어서 좋았고, 체면도 차릴 필요 없이 아이의 웃 음마다 피어오르는 사랑의 깊이도 깊어지는 것 같았다.

예준이의 입 모양이 보일 때까지

❖

"예준아! 나 누구야?"

　　　수어와 목소리를 내어 가며 '엄마'가 누구인지
를 알려주던 시기가 있었다.

　어느 날 예준이가 '아빠', '엄마'라고 부르기 시작했다고 어
린이집에서 말해주었다.

　나는 소리의 부재 속에서 자라온 만큼 세상과의 소통 방
법은 입 모양을 읽거나 글을 써서 소통해야만 했다. 대학교
에 입학하고 나서야 만난 농인 친구들을 통해 수어를 배웠
다. 수어를 배우기 전까지 가족들과는 간단히 목소리를 내
어 이야기하거나 입 모양을 읽어가며 소통을 했다. 그러기까
지 엄마의 숨은 헌신이 있었다. 아주 어렸을 때부터 엄마의
등에 업힌 채로 기차를 탔고, 그 기찻길의 끝은 충주 성심학
교 유치부 교실을 향했다. 충주 성심학교는 충북 충주시에

있는 가톨릭계 청각 장애 특수학교로 내 첫 번째 유치원이나 다름없었다. 거기서 언어치료와 독화 훈련을 받았다. 매일같이 유치부 교실로 가는 길마다 잠에서 덜 깬 딸을 업고 기차를 놓칠까 부랴부랴 뛰어가던 엄마의 등에서 느껴지는 따뜻함이 어렴풋이 지금의 나에게 다가왔다. 그 온기 덕분일까? 지금의 나는 아들 예준이의 입 모양을 읽을 수 있었다. 사랑스러운 목소리로 "엄마."라고 불러준 예준이의 이야기는 들을 수 없었지만, 눈으로 보는 '엄마'라는 이야기가 더 행복했던 것 같았다. 가장 예쁜 미소로 엄마를 부르는 예준이의 모습이 오랫동안 내 두 눈동자에 잊지 못할 순간으로 남았다.

편지를 쓰는 이유

❖

손편지가 특별한 이유는 누군가를 생각하며 쓰면 쓸수록 그 마음이 고스란히 써지기 때문이다. 20살이 되고도 카카오톡 메신저를 사용할 때까지 손편지를 가끔 썼던 기억이 남아있다.

초등학교 때에는 "우리, 친구 할까?"라고 정성껏 써서 친해지고 싶은 친구의 사물함에 몰래 넣어둔 '추억'이 있었고, 중학교 때에는 "잘 부탁해, 앞으로도."라고 조심스럽게 써서 친구의 필통에 넣어뒀다가 도로 뺐던 '상처'가 있었고, 고등학교 때에는 "힘들겠지만 잘 부탁해."라고 기대하지 않은 채 친구에게 직접 줬더니, 자판기 우유 한 잔을 주며 "괜찮아, 친구끼리 뭐 그런걸." 하며 미소 짓던 친구의 '진심'이 편지로부터 시작되었다.

풋풋한 설렘을 안겨준 연애편지도 지금의 남편을 이어준 '큐피드' 역할을 다해주었다. 데이트가 끝나갈 때쯤에 미리

적어온 작은 편지를 남편의 지갑에 몰래 넣어 다음 날 출근할 때쯤 열어볼 남편의 얼굴을 상상하기도 했다. 옛날의 그 연애편지가 아닌 그저 일상 속에서 소소한 위로의 메시지를 담은 편지를 남편을 향한 마음으로 가득 채울수록 더욱 사랑하게 되는 이유도 남달랐다.

무엇보다 내 유년기를 함께한 엄마, 아빠에게 썼던 편지만큼은 채 다 하지 못한 이야기가 가득했고, 어린 시절의 편지들은 곧이어 몰랐던 유년기의 그리움을 각인시켜주었다. 속상하다고, 가끔은 원하던 장난감 이름을 써보고, 먹고 싶은 음식이 있을 때마다 아기자기하게 그림을 그려 넣은 작은 편지를 받아본 엄마, 아빠의 마음은 어떠셨을까? 사춘기 시절에 말하지 못한 이야기가 넘쳐날 때마다 가끔 책상머리에 놔두신 편지를 읽어보지 못했다. 그 내용은 쓴 사람만이 알 수 있는 내용으로 받는 사람은 못 봤지만, 어렴풋이 느낄 수는 있었다.

편지에는,

"사랑한다. 아주 많이."

우표

마음의 엽서에 기도의 우표를
붙이고 잠들며
날마다 우표를 붙여놓고
잠들며 눈뜰 때마다
행복한 답장을 기다린다.

'청개구리'로 살려는 이유

어렸을 때의 나는 차분함을 전혀 찾아볼 수 없을 정도로 동네를 누비고 다녔다. 그래서 엄마는 내가 엉뚱한 짓만 매일 하고 다닌다고 한숨만 쉬셨다. 친구들과 다르게 세상의 모든 소리를 알 수가 없어서 답답하고 속상했던 기억이 난다. 선생님들의 배려 아닌 배려와 친구들의 수군거림, 엄마아빠의 걱정 사이에서 나는 그때 결심했다.

남들이 '해라' 그럴 때 안 하고 싶고, 남들이 '하지 말라' 그럴 때 해야지 싶은 생각을 해야만 마음이 한결 가벼워지는 걸 알았기에.

중학생이 되어서도, 고등학생이 되어서도 늘 맨 앞자리에 앉아서 선생님의 입 모양을 열심히 봐도 도저히 모르겠을 뿐만 아니라 공부엔 관심이 하나도 없어 소설책과 시집을 읽으며 학창 시절을 보냈다. 어떤 날은 자습시간이 싫어 몰래 도서실에 숨어 온종일 책만 읽다가 선생님께 들키고 말았는데도 크게 혼나진 않았다. 도리어 이런 이야기를 해주신 선생님이 그날따라 멋져 보였다.

"샛별이 너 말이야. 무작정 열심히 뛰어다니려는
청개구리 같아. 남들은 성적에 열심을 쏟는데 너는 세상을
얼마나 알고 싶어 이렇게 말을 안 듣는 걸까."

어른이 되어서야 해본 심리 결과지에서 '당신은 여성스러움을 가지고 있습니다.'라는 결과를 보고 '의외'였다. 어렸을 때의 나를 보면 여성스러움과 거리가 조금 멀다고 생각했기 때문에. 인형 놀이보다 권총 놀이를 좋아하다 보니 오죽하면 아빠가 "바비 인형은 안 사다 줘도 될까?"라고 되물어보셨을 정도로. 007시리즈를 보고, 주윤발 같은 오빠들이 나오는 영화도 꼬박꼬박 챙겨보며 "나도 저렇게 오토바이 타고 날아다닐 거야!"라고 외치며 병원 응급실을 들락날락한 시간들이 지금의 나에게 '창피하면서도 웃긴 어린 날의 추억'으로 와 닿았다.

지금에서야 생각해 보면 하라는 행동보다는 하고 싶었던 이야기를 거꾸로 말하고 싶었던 것일까. 부모와의 얕은 소통

가운데 답답함을 표현하고 싶었을까? 지금 엄마가 된 나는 예준이의 마음을 들여다보고 싶었다.

"예준아, 네 목소리가 엄마아빠에게 닿지 않아도 괜찮아.
엄마아빠는 늘 네 눈빛을 읽어볼게."
"언제든지 엄마아빠의 어깨를 두드려 줘.
그럼 네 얼굴을 보고 이야기할 수 있거든."

그래도 몸도 생각도 자라다 보니 성장해 가는 지금의 난 아들 예준이를 돌보면서 느낀다. 나의 엄마를 아주 조금씩 이해하고 있음을. 이제는 엄마를 알아갈수록 마음은 아리어 '그동안 나 때문에 마음고생 많았지? 힘들게 해서 미안했어.'라고 말은 하고 싶지만 선뜻 못할 것만 같은 청개구리 딸은 오늘도 마음속으로 속삭입니다. '내리사랑.'

몰랐던 유년기를 말할 때까지

"부모가 되어서야 비로소 부모를 이해하게 됩니다."

세상의 모든 소리를 알아가는 예준이가 우리 곁에 있어서 다행이기도, 안쓰럽기도 합니다. 소리의 부재 속에서 자란 엄마와 아빠 사이에서 커갈수록 알게 되는 부분이 예준이에게 어떤 상처로 다가올까 하는 염려도 있지만, 지금만큼은 예준이에게 온전히 애정을 쏟을 수밖에 없는 일은 바로 부모가 아닐까 싶습니다.

제가 봐온 제 부모님과의 저 사이에는 아픔이 있었지만, 그만큼의 행복도 고스란히 이어져 온 만큼 부모가 되어가는 저에게 예준이는 더없이 가슴에 품을 수 있는 모든 애정의 깊이를 알려줍니다.

그렇게 저도 몰랐던 유년기는 지금의 예준이를 키우면서 실감하게 됩니다.

유년기의 마침표

몰랐던 유년 시절의
마지막 기억은 사랑이었다.

제 이름은 '이샛별'입니다.

　내 나이 20살, 어른이 되어가는 발걸음을 시작할 때 수어(=수화언어)를 처음 접하게 됐다. 수어 중에서 '지화'가 있다. 지화는 수어의 자음과 모음을 통틀어 부르는 말이다. 내 이름을 소개할 때에는 지금까지 종이에 써서 보여주기만 했었는데 수어를 만나고 나서 지화로도 내 이름을 소개할 수 있다니 정말 기뻐 하늘 끝까지 날아오를 것만 같았다.

　남들에게는 사소한 일이라 느껴져도 나는 내 인생에서 가장 환하게 웃었던 순간으로 기억한다.

　수어를 모르는, 내가 청각 장애가 있다는 것을 모르는 사람들을 만날 때 미리 준비해둬야 하는 게 있었다. 지금은 스마트폰이 있어서 메모장 어플을 이용해 '청각 장애가 있습니다. 소통은 필담으로 부탁드리겠습니다.'라고 적어 보여주기도 하지만 스마트폰이 없었던 예전에는 늘 작은 수첩과 볼펜을 주머니에 넣어 다녔다.

동네 마트에서 사려는 물건이 없어 점원에게 물어볼 때도, 물건 이름과 장애가 있다는 것을 밝혀야 했고, 카페와 식당 어디서나 '장애'의 유무를 밝혀 '이해'를 하려는 분들을 만나도 서로 어떻게 대해야 하는지를 제대로 몰랐던 때도 있었다.

길거리에서 목적지를 물어오는 분들을 만날 때 '저, 듣지 못해요.'라며 귀에 손가락을 갖다 대는 시늉을 보여야지 그제야 "아! 죄송합니다." 하며 지나치는 분들도 계시는데 어쩌다 잘못 만난 분은 "에이! 오늘 운수가 나쁘네." 하며 욕을 하며 다그쳐 봉변을 당했던 적이 있었다.

목소리를 나누는 데에 익숙한 청인(=음성언어 사용자)들은 작은 메모지를 내밀며 청각 장애가 있다는 것을 밝히는 내 모습을 이방인 대하듯이 위아래로 훑어본다. '아직은 인식이 개선되지 않았구나.' 하며 담담하게 넘기지만 정작 예준이를 안고 있을 때의 마음은 남달랐다.

"저 예준이 엄마입니다. 제가 청각 장애가 있어서
필담으로 소통 부탁드려요."

아이가 태어난 뒤로 내 이름을 불러준 사람들이 줄어진

듯한 느낌을 실감할 때에는 대부분 예준이와 함께 간 소아 청소년과와 어린이집이었다. 평일에 수어 통역사와 함께 병원에 다녀올 때는 몰랐는데 주말에 갑자기 아이가 아파 급하게 다녀와야 하는 상황에는 엄마 스스로 필담으로 의사 선생님과 이야기했어야 했다.

순간, 지금까지 농인의 정체성대로 살아왔음에도 불구하고 소리를 알아가는 아이를 안고 있는 나에게 억눌린 감정이 밀려오기 시작했다.

아이 앞에서도 당당하게 자신의 언어대로 말할 수 없는 사회의 벽에서 또 한 번 느껴야 했던 엄마의 마음을 아직도 모를 것 같다.

나의 첫 번째 소통, 필담

　　나에게도 '수어'를 모르던 시절이 있었다. '수어를 모르면, 소통은 어떻게 했을까?'라고 의구심을 품고 나에게 물어보는 사람들도 많았다. 나는 '필담'이라고 대답하였다. '필담'을 통해 나는 얻은 게 많았고, 책을 읽는 일도 즐거워졌다. '필담'도 나에게 무용지물이면 나는 이 세상에서 외톨이로 살아갈 수 있었을 뻔했을 거라고 생각하면 아찔하다. 하지만 '필담'이 전하기 어려운 한계를 '수어'가 잘 채워주고 있다. 왜냐하면, '필담'에서 글씨체의 강약을 통해 어느 정도의 감정 조절을 파악할 수 있지만 그것의 한계를 수어는 다양한 강도 조절이 가능하다는 것이다. 표정을 '비수지 기호'라고 한다. 손 이외 몸이나 머리의 움직임, 눈 응시, 그리고 표정 등으로 음성언어의 장단이나 강세와 같은 비분절음과 같은 기능을 한다고 네이버 지식백과에서 이야기한다. 그래서 내가 말하고 싶은 이야기를 수어와 함께 비수지

기호로 전달할 수 있는 것만으로 소통이 원활하게 이뤄지고 있다.

나는 '필담'으로 생활했던 기간이 길었고, 표현할 방법도 제한적이었기 때문에 수어와 함께 비수지 기호를 표현하기가 굉장히 힘들었던 시간이 있었다. 어색하기도 하고, 전달하려니까 힘든 마음이었지만 수어를 사용한 기간이 오래된 농인 친구들과의 소통 속에서 점차 익숙해지기 시작했다. 농인 친구들도 나를 이해하기 시작했고, 나도 친구들을 이해하기 시작했던 만큼, 나의 소통은 사회를 이해하려고 했다. 예전 같았으면 필담을 통해 소통을 나누려고 했지만, 청인들은 '거의 바쁜데 왜 귀찮게 종이에다 써야 하는 건가?'라는 표정을 먼저 보여주었다. 그래서인지 나는 소통에 대한 두려움을 가지고 있었다. 하지만 수어를 배우고 난 뒤의 나는 소통에 대한 자신감을 가지게 됐다. 수어에 대한 사회의 인식이 아직은 크게 개선되지 않았지만, 언젠가는 모두가 '수어로 소통하는 행복한 세상'이 될 수 있다는 한 움큼의 희망을 품어본다.

사람들을 만날 때마다
가장 먼저 보는 곳은 '입 모양'

　　사람의 입 모양만 보고 무슨 말을 했는지 알아내는 독화법을 아주 어렸을 때부터 엄마의 헌신을 거쳤다. 독화법이란, 입 모양을 눈으로 읽어서 그 조합이 어떤 단어를 발음하고 있었던 것인지 유추한 다음, 가능한 단어 조합을 찾아 최대한 그 문맥에 맞는 문장으로 완성하는 것인데 상대방의 입을 집중해서 보기 때문에, 평소보다 몇 배의 체력이 소모되어 금방 피곤해지기 쉽다.

　사람이 말하는 방법은 조금씩 다르므로, 그것에 맞춰 말을 유추해 내는 것도 쉬운 일이 아니어서 필담과 번갈아 가며 소통을 해온 그 지난날들을 생각해보면 참 잘 견뎌냈구나 싶기도 하다. 입술을 통해 읽어가는 수많은 이야기는 나에게 감정을 알려주었다. 때론 슬펐고, 때론 행복했던 이야기를 통해 나와 이어진 인연들은 참 많다. 나를 위해 천천히, 정확하게 말해 준 그들에게 다시 한 번 감사하다. 덕분에 이 세상 속에서도 느리지만 나만의 속도대로 삶을 살아갈 수 있게 되었다. 입 모양을 천천히, 정확하게 말씀해 주시는 분들도 계시지만 간혹 당황스러운 상황을 마주할 때가 많다.

가장 당황스러웠던 경험은 '치과 진료'였다. 대부분의 의사 선생님과 간호사가 마스크를 착용하고 있어 입 모양이 보이지 않기 때문에 필담에 의지하기도 했지만, 인식이 더 개선된다면 투명 마스크로도 서로가 수월한 진료 환경이 되지 않을까 싶다. 물론 수어 통역사와 동행한다면 농인 환자 옆에서 통역을 지원할 수 있지만, 통역 일정이 맞물려 지원이 되지 않을 때도 있기 때문에 의료계에서도 '투명 마스크' 또는 터치식 시스템의 도입이 절실히 필요하다.

이제 코로나바이러스가 전 세계적인 재난이 되었고, 모두가 마스크를 착용하고 있다. 안전도 지켜야 하지만 소통에서는 이중고를 여전히 겪어야 하는 농인들의 삶에도 조금만 더 관심을 기울여주면 좋을 것 같다. 아직 어린 예준이에게 마스크를 착용하게 할수록 엄마의 속사정은 여전히 가려진 입 모양처럼 답답할 수밖에 없다.

'농인'이라는 이유

        농인이라는 이유만으로 많은 차별과 배려를 동시에 경험했다.

    청인들은 한국 영화가 개봉하자마자 바로 관람할 수 있는 반면에 농인들은 한두 달을 기다려야지만 한글자막 화면해설 버전인 '가치봄(배리어프리)' 영화를 관람할 수 있었다. 이런 점에서 농인들은 늘 정보를 한 박자 늦게 제공받고 있기 때문에 차별이라고 할 수 있다.

영화 관람 외에 문화예술을 즐기는 데에 아직도 수어 통역과 자막 지원이 안 되는 곳들이 존재하는 만큼 농인의 언어를 존중받지 못할수록 내 아이의 시간 속에서도 차별을 받아야 하는 기분이 들기도 하다. 아이와 함께 다니는 곳마다 소통에 대한 차별로 아이가 성장할 때마다 따르는 이중고마저 미안할 따름이기에.

하지만 수어통역센터가 있어, 어린이집이나 소아청소년과 등의 아이 위주의 기관에 방문할 때마다 늘 수어 통역사와 동행하여 아이에 대한 전문적 정보를 제공받을 수 있었다.

내가 최근에 겪었던 하나의 '소통' 일화가 있다. 직장인 중에서는 바쁜 아침 시간대에 식사를 자주 거르는 대신 직장 근처에 있는 카페에 들어가 간단한 아침 식사를 주문해서 먹는 사람들이 있다. 나도 그들 중 한 사람이다. 어느 날, 새로 개업한 카페가 궁금해 한번 들어가 보았더니 아직 오픈 준비 중이었다. 정리에 한창인 주인의 뒷모습을 보고 나는 휴대전화에 '따뜻한 오곡라떼 한 잔 주세요.' 라고 입력한 후에 카운터 바닥을 톡톡 두드렸다. 그제야 뒤돌아본 주인에게 휴대전화 메모장을 보여주었더니 '아~!' 하고는 미소를 지어주셨다.

그렇게 5분여 정도를 기다렸을까. 따뜻한 오곡 라떼를 감싸고 있는 종이컵 홀더에 '뜨거우니까 조심하시고, 오늘 하루도 행복하세요.^^'라는 내용이 적혀 있었다. 아침마다 바쁜 마음으로 움직이는 가운데 주인의 '짧은' 한 마디는 나의 '여유'를 넘실거리게 했다. 이처럼 작은 '배려'가 어쩌면 '소통'의 참모습이 아닐까 생각한다. 물론 이번 일이 소통의 처음은 아니었다. 가끔씩 마주치는 이웃의 모습 속에서 내가 꿈꾸던 '수어로 소통하는 행복한 세상'을 잠시나마 맛볼 수 있었다.

'농인'은 겉모습으로는 우리와 다름없지만, 정작 소통의 소외감에서 '답답함'을 풀어내기가 힘든 사람들이기도 하다. 하지만 우리가 보여주는 작은 '소통'의 배려가 있다면 그 '답답함'을 어느 정도 감소시켜 줄 수 있을 것이다. 작은 '소통'의 배려 기회가 종종 있었으면 좋겠다는 오늘의 희망을 품어본다.

마음이 '촉촉한' 엄마의 수어

❈

엄마와 나의 언어는 다르다. 하지만 마음만큼은 같은 언어를 가지게 됐다. 그 마음을 확인하게 된 건 지난 2015년 6월 15일 방송된 tvN『촉촉한 오빠들』4회에서다. 청각 장애를 가진 커플의 아름다운 사랑 이야기가 전파를 탔는데, 내가 바로 주인공이었다. 나는 같은 청각 장애를 갖고 있는 남자 친구(지금의 남편)에게 깜짝 프러포즈를 준비했다. 더욱이 엄마가 남자 친구에게 잘 살라는 메시지를 수어로 전달한 장면도 나로서는 또 하나의 감동이었다. 엄마가 나의 언어를 이해해 주신 것으로 나는 사랑을 만났지만, 엄마와의 소통이 더욱 기쁘기만 하다. 어렸을 때, 엄마를 통해 사람들의 입 모양을 읽는 방법을 배웠다. 입 모양을 읽으면서 사람들이 말하고자 하는 내용이 무엇인지를 파악하는 데에 많은 시간이 필요했고, 그 가운데 엄마의 희생과 인내가 있어야만 했다. 나는 그걸 알고 있었고, 엄마의 기대에 부응하려고 했었지만 잘 안되었다. 그렇게 아픈 마음을 가지고 지내다가 어느 날 나와 같은 마음을 가진 사람을 만나게 되면서 엄마와의 소통에 대해 다시 생각해 보게 됐다. 그뿐만 아니라 엄마는 내가 몰랐던 나의 어린 시절을 모두 기억하고 계셨다. 내 목소리로 불러주는 사소한 단어, '엄마'라는 단어 하나를 듣고 싶은 마음은 얼마나 간절하셨을까?

두 살이 되어 '엄마, 아빠'라는 단어를 처음 입 밖에 내었다. 세상을 다 얻은 것처럼 무척이나 기뻐하셨다는 이야기를 듣고 내 마음은 이내 미안함으로 물들었다. 지금은 수어로 '엄마'라고 하고, 또 내 목소리로 불러볼 수 있다. 『촉촉한 오빠들』 촬영 당시에 엄마의 눈물을 오랜만에 보았다. 다시 영상을 봐도 엄마는 나의 눈물을 닦았다.

오늘도 사랑합니다.

저와 결혼해줄래요?

　　지난 2015년 5월에 방송된 tvN『촉촉한 오빠들』프로그램에 사연 신청 이후 작가와 PD님을 만나 뵙고 여자가 먼저 프러포즈를 신청하는 것에 대한 새로운 콘텐츠를 기획하였다.

　　그 후 당시 남자 친구였던 지금의 남편에게 영상통화로 '혜화역'에서 만나자고 이야기한 후 방송팀에서 '몰래카메라' 형식으로 준비해 주셨다. 우리끼리 결혼에 관한 의논을 할 때에는 몰랐는데 촬영 당일에 나눈 이야기들은 모두 진심인 줄 알고 무척 상심했다는 남편의 뒷이야기에 나는 그저 신났다.

　　하지만 나도 몰랐던 엄마의 깜짝 등장은 방송을 보는 모든 분의 눈물샘을 자극했다. 나도 울었고 시청자들도 울었으며, 방송팀도 모두 울었던 이유는 아마도 비슷했을 것이다.

　　보통 20대에서 30대 사이에서의 고민 중의 고민은 '연애'

와 '결혼'이다. 청인 부모님과 농인 자녀 사이에서 언어와 문화의 차이로 대소사를 결정할 때 의견 충돌이 생기기 마련이다. 세세히 말하자면 '결혼'이라는 중요한 일을 앞두고 생기는데, 농인 자녀가 같은 '농인'과 결혼하겠다고 하였을 때 청인 부모님의 입장은 어떠셨을까? '걱정'과 '우려'라는 두 가지의 단어가 먼저 생각났을 것이다. 출산하고 나서 보니 자녀가 '청각 장애'라는 진단을 받았을 때 부모님의 마음은 다 똑같이 '사회에서 우리 아들, 딸이 어떻게 홀로서기를 할 수 있을까?'라는 걱정을 한다는 것이다.

　같은 '농인'끼리 가정을 이루고자 할 때 두 번째 걱정거리가 생기는 것과 같겠지만 '농인'의 입장은 다르다. 물론 서로에 대한 존중 하에 청인과 결혼하는 농인도 있지만, 그것은 문화적 차이를 극복하기까지 많은 노력과 이해가 있어야만 잘 지낼 수 있을 것이다. '농인'과 '농인'이 서로 만나 한 가정을 이룰 때에는 '수어'로 소통하는 행복한 세상을 한 번쯤은 맛볼 기회가 있다. 서로의 얼굴을 마주 보며 마음을 들여다 볼 수 있고, 그뿐만 아니라 청인과 다르게 전철이나 버스 밖에서도 힘들게 목소리를 키울 필요 없이 수어로 소통하는 이점이 있는 만큼, 이해의 깊이는 더 커질 수밖에 없다는 것이다. 나는 청인 가정에서 혼자라는 느낌을 많이 받았기 때문에 가정을 이룰 때에는 같은 '농인'과 꼭 이루어야겠다는 다짐을 품었다. 부모님께서도 '통'할 수 있다는 마음 그 자체를 보시고 그제야 안심하고 든든한 지원군이 되어주셨다.

작은 '농' 가정은 큰 '소통'의 행복한 세상이라고 表現하고 싶다. 가정의 구성원들이 서로 '소통'의 기쁨을 느끼고 살아간다면 이 사회에서도 당당하게 자신의 권리를 구현하며 살아갈 수 있기 때문이다.

지금은 우리에게 선물같이 찾아온 예준이를 통해 또 하나의 소통을 할 수 있는 방법을 함께 찾아보려는 여정을 시작하였다.

'프러포즈 후일담'

방송이 끝나고 나서 쏟아진 질문 세례 중에서 하나를 고르자면,

"예비 신랑분이 만약에 프러포즈를 거절하였다면 어떠셨을 것 같아요?"

"만약에 안 받아줬다면 마음의 준비가 될 수 있게 같이 지켜보자고 이야기를 하고 또 한 번 했을 것 같아요."

나는 프러포즈를 준비하는 내내 왠지 모를 '확신'이 있었다. 이 사람이 프러포즈를 받아줄 거라는 '확신'보다는 형건 씨가 나와의 교제를 시작하기 위해 준비한 마음을 나도 느끼고 이야기할 수 있다는 것으로 형건 씨의 첫 마음을 볼 수 있다는 '확신'이었을까? 우리가 촬영을 하려고 처음으로 같이 가본 혜화 대학로에서 첫 프러포즈를 했다면, 형건 씨는 처음으로 같이 간 한강에서 33송이의 장미꽃다발과 함께 고백을 해주었다.

비가 내렸지만, 가장 멋지고도 낭만적인 고백을 통해 형건

씨와의 사랑이 시작됐다.

그래서 나는, '기대'보다 '용기'를 택했다. 나는 이런 생각을 한다.

교제의 시작은 남자가 해주었다면 평생의 시작은 여자가 해야 서로 공평한 마음으로 살아갈 수 있다고. 사랑은 그런 거다. 나도 누군가의 인생에 행복을 심어주는 사람이 될 수 있고, 어느 누군가만 희생을 해야 하는 게 아니라 서로 아름다운 희생을 하다 보면 맞춰지니까.

사랑의 색깔

오늘의 순간을 사랑으로 칠해 봅니다.

사랑이라는 색으로

우리의 마음을 칠해 봅니다.

당신의 눈동자 속에 반짝이는 그 사랑이

물들기 시작한

'오늘의 순간'

아빠의 손을 놓고
한 남자의 손을 맞잡던 날

나는 아빠를 많이 닮았다. 외형과 살아가는 태도 그리고 마음 씀씀이도 같아지고 있다.

결혼식 전날 밤까지 나는 신랑에게 당부를 했다. 떨리는 건 나도 그렇지만 꼭 잊지 말고 아빠를 안아드리라고.

유년기에는 아빠의 모든 것이 멋져 보였고, 사춘기에는 아빠의 모든 것을 외면하고 싶었다. 사회생활을 하며 담배로 위안 삼으려던 것을 병으로 돌려받으며 큰 수술도 감내하셨지만 나는 그조차 잘 헤아려드리지 못했다. 그러던 어느 날, 나는 20살이 되자마자 바로 집을 떠나 혼자 살겠다고 한 지가 벌써 8년째가 된다. 아빠 같은 사람이 아닌 더 좋은 사람과 결혼해야지 싶던 나는 아빠처럼 든든하게, 묵묵하게 감싸 안을 줄 아는 사람과 결혼을 했다.

아빠 손을 잡고 입장 직전까지 "괜찮아, 마음 편하게 손을 잡고 천천히 가." 다독이던 아빠의 마음을 나도 그렇게 닮아 갔다.

양가 부모 인사 순서에 아빠를 잠시나마 안아드릴 수 있었던 그 순간은 눈꺼풀을 꾹 감아버리게 했다.

"아빠처럼 성실하게, 정감있게, 따뜻하게 품을 줄 아는
내가 되고, 아내가 될 수 있도록."

'사랑'이라고 말하고,
'마음'으로 쓰는 이야기

메마른 문장을 쓰지 않는 저는 그 사람을 떠올리며, 그를 향한 마음을 생각하며 제 마음을 옮겨 써봅니다. 바다를 좋아하는 그의 이유를 알게 되면서 함께 좋아하게 되는 제 마음을 다시 돌아봅니다. 누군가가 그러네요. 제가 더 많이 사랑하는 것 같다고. 더 사랑한다고 해서 슬프거나 힘든 건 아닙니다. 더 사랑할 수 있는 마음이 있어서 좋거든요. 나 외에 누군가를 사랑할 줄 아는 그런 마음이 좋은 거죠.

그가 말합니다. "내 아내라서 참 좋다." 그 말을 듣는 데에 참 많은 기다림이 지나갔습니다.

이젠 예준이에게 "제 부모라서 참 좋아요." 그 말을 들을 수 있도록 최선의 사랑을 줄 거예요.

어느 날 문득 신랑의 뒷모습을 보던 저에게 스쳐 간 생각이 말합니다. 앞서 걸어간 아빠의 걸음을 따라 걸어갈 예준이는 더없이 따뜻한 사람이 되었으면 한다고.

농인 부부가 되기까지

"둘이 같은 장애인데 잘 살 수 있어?"

"같은 청각장애인끼리 살면 불행할 것 같다."

"말도 못 하는데 뒤에서 부르면 못 들어서 어쩌나…?"

이런 류의 이야기와 온라인상의 댓글들도 대부분 '우려'의
이야기가 많았습니다.

'장애를 극복하는' 부부가 아닌, 장애를 삶의 일부분으로
수용하여 다른 부부들과 다름없이 사랑하며 지냈습니다.
'달콤살벌' 그대로 부부싸움을 해도 얼굴을 보고 말해야 하
기에 어쩔 수 없는 '칼로 물 베기'를 함께 배우며 지냈습니다.
그러던 어느 날 예준이가 저희 부부에게 왔습니다.

또다시 들려오기 시작했습니다.

"가뜩이나 부모가 듣지도 못하는데 왜 낳아?"

"아이가 부모 그늘에서 힘들어서 어쩌지…?"

"말은 어떻게 가르쳐?"

많은 농인 부모들의 물음표는 같습니다. "우리 코다 자녀
에게 어떻게 사회를 알려줄까?"

하지만 그들도, 코다 자녀도 서로를 이해하며 잘 성장해 왔습니다.

그래서 저희도 그 길을 따라 걷습니다. "예준이가 부모의 사랑을 따라 걸으며 이 사회의 일원으로 잘 성장할 수 있게 이정표 역할을 할 것입니다."

저희 부부는 생각합니다.

"부모의 언어가 다르고 부모의 문화가 다르다 하여
자녀를 향한 사랑도 다를 수는 없습니다."

못 듣는 사람이 아닌
더 잘 보는 사람

　　2011년 4월 2일부터 2011년 7월 10일까지 방영된 문화방송 주말 특별기획 드라마다. 줄여서 '내마들'이라고도 부른 『내 마음이 들리니』에서 23회 내용 중에 차동주가 말한 대사가 있었다.

　　"이게 제가 사는 세상입니다.
저는 귀가 들리지 않습니다. 열세 살 때 사고로 소리를 잃어서 제 목소리조차 들을 수 없게 됐지만 괜찮습니다.
저는, 마음으로 이렇게 말해 주는 사람이 있어서 괜찮습니다."
　　"차동주, 너는 못 듣는 사람이 아니라 잘 보는 사람이야"

　　세상 앞에서 고백하는 데에 단단함과 수용이 느껴졌던 대사 내용이었다. 나도 수없이 '장애' 앞에서 흔들렸던 시기가 있었던 만큼 언젠가부터 '청각 장애'는 극복해야 할 대상이 아닌 삶에 녹아들고, 그 삶을 어떤 방법으로 보내야 하는가에 따른 의문을 늘 품고 살았다. 지금은 엄마가 되었고, 코다 아이*가 태어나면서부터 더욱 짙어졌던 의문을 '소보사'라는 학교에서 조금씩 풀어보고 싶다는 계기를 심어주었다.

소리를 보여주는 사람들(아래 소보사)은 우리나라에서 유일하게 수어로만 모든 소통과 교육이 이루어지는 대안학교다. 예준이가 조금 더 크고 나서 함께 손을 잡고 꼭 가보고 싶은 학교다. '서울대 같은 일류 대학교부터 구경시켜주자.'라는 생각이 추호도 없을 정도로⋯.

아이가 소리를 알아갈수록 소리의 부재 속에서 자라온 엄마 아빠의 고민은 날이 갈수록 깊어지기 시작했다. 20살 때부터 수어를 배운 엄마와 초등학생이 되고 나서, 수어를 배운 아빠도 각자 수어를 배운 시기가 다른 만큼 아들 예준이에게도 수어를 알아갈 수 있는 시기는 예준이 본인이 정해야 하는 일인 것 같다. 그러기에 앞서, 엄마 아빠처럼 소리의 존재를 알아가는 예준이의 입장에서 농인 부모를 어떻게 이

---

*   코다(CODA)는 Children of Deaf Adults의 줄임말로 농인(청각장애인) 부모 아래서 태어난 아이를 일컫는 말이다.

해하고 수용하는가에 따른 몫은 엄마 아빠의 '무게'가 되었다. 그 무게는 우리가 짊어지는 것보다 '소보사' 같은 학교와 지역사회가, 농인 부모와 청인 자녀가 가정의 테두리에서 얼마나 많은 이야기를 나눌 수 있는가에 대한 고찰을 함께 해보면 좋겠다.

지난 2016년부터 한국수어언어법이 시행되었음에도 불구하고 아직도 체감하기 어려운 상황이지만, 농사회에 대한 애정으로 수어통역사들과 농인들의 제언들을 통해 조금씩 변화하고 있다.

모든 농인 부모들의 사랑 방식은 다 다르겠지만, 아이에 대한 사랑은 우리가 감히 헤아릴 수 없을 정도로 따뜻한 것은 틀림없다.

무엇보다 아들 예준이에게 말하고, 보여주고 싶은 이야기는 이렇다.

"세상이 원하는 엄마 아빠의 목소리가 아닌,
손으로 말하는 엄마 아빠의 마음은
너에게만큼 더욱 와 닿을 거라고."

3.

그래도 엄마라서

봄에 결혼하고,
봄에 엄마가 되다

❖

'결기'는 결혼기념일을 줄인 말이다. 2018년 4월 2일, 결혼한 지 2년이 되어 기념 삼아 부산에 여행을 다녀온 이후 퇴근길에서 어느 마트 위의 진열대에 놓인 나물들의 냄새가 콧등을 스치더니 헛구역질이 올라왔다. '설마' 했더니 임신테스트기에 두 줄이 선명하게 내 눈에 보였다. 아직도 할 일이 많은데, 아직도 하고 싶은 일이 많은데 하면서도 실감이 나지 않았다. 잠이 쉬 오지 않아 잠든 남편 뒤로 혼자서 지새운 새벽이 겨우 지나가고 아침이 되어서야 조심스럽게 내밀었다. 임신테스트기를 받아든 남편의 얼굴은 미묘했다. 우리 둘 다 전혀 '예상치 못한 순간'이었다. 쇠뿔도 단김에 빼라고 마침 토요일 아침이어서 근처 산부인과로 갔다. 산부인과로 갔는데 토요일에는 수어통역센터가 운영하지 않기에 부부끼리 '필담'이라도 해보자 하여 갔을 뿐인데 다음 진료에 꼭 수어통역사와 함께 오시라는 말과 함께 피검사를 끝냈다. 피검사 결과는 문자로 주시겠다는 말과 함께 집으로 돌아왔다. '어떡하지? 나 아직도 할 거 많은데?' 하며 초조해하는 내 어깨를 토닥이던 남편의 모습에 왠지 모를 예비 아빠의 든든함이 느껴졌다. 역시나 그의 직감은 맞았다. 그날 저녁에 문자 메시지를 본 내가 침대에 누워있던 남편에게 달려가 외쳤다. "임신이래! 임신이 맞대!" 아주 초기에 병원에 방문했기 때문에 피검사로 임신 호르몬 수치를 확인해야 했다. 대부분의 수치가 10 이상이면 '임신' 진단으로 간주 된다. 그날 밤은 임신테스트기를 확인한 전날 밤보다 더 잠을 청할 수가 없었다. '임신'이라는 문자 메시지의 무게감에 우리 부부는 한동안 말이 없었다. 물론 기쁨도 컸었지만 예상치 못한 순간이었기에 얼떨떨했기도, 멍하기도 했다. 사실 임신을 계획하기 전에 오간 이야기들은, 우리 부부도 농인인데 아이도 태어나면 아이가 울 때도 잘 관찰해야하고, 수어와 말을 번갈아 가르치는 게 좋을까 하며 여러 가지 문제점을 논했던 적이 있었다. 한국에서는 아직 농인 부모를 위한 가이드라인이 구체적으로 마련되지 않았기 때문에 갈피를 잡을 수 없었고, 흐지부지되어버릴 것 같아 미뤘다. 그 미룬다는 것이 앞당겨져서 더욱 그랬을 것이다. 하지만 언젠가는, 엄마가 되어보는 경험을 하기 원했던 나로서는 솔직히 예준이의 태명인 '봄이'가 반가웠다. 그러나 반가움도 잠시, '입덧 지옥'이라는 무시무시한 경험이 기다리고 있었다.

화장실에서 임신테스트기를 부여잡고 마음 졸인 것도 잠시, 이내 우리 부부에게 새로운 가족이 온다니 기뻤기도, 설레기도 했다.

그래서인지 '입덧'도 무사히 이겨내고 먹고 싶은 음식을 사오고 가보고 싶었던 곳을 데려다준 신랑의 배려로 무사히 임산부 생활을 보냈다.

우리 부부에게는 '봄'이 아주 특별한 계절이 되었다.

봄에 만나 연애를 시작했고, 3년을 채워 봄에 결혼했다. 그리고 봄에 지금의 아들이 내 배 속에 들어섰기에.

그래서 태명도 '봄이'라 불렀다.

너의 태동을 느끼며

봄이야,

엄마 아빠는

네 우렁찬 심장 소리를 듣지 못해도 괜찮아

대신 피부로 전해져 오는

너의 건강한 태동을 느낄 수 있어

행복하니까

임산부 배려석은
'누구나 앉을 수 있는 좌석'인가요?

막상 임신을 확인하고 나서 문득 걱정이 되었 던 부분은 내가 서울에서 수원으로 전철을 타고 출퇴근한다 는 것이었다. 조심해야 한다는 임신 초기, 그리고 배가 불러오 면서 무게감이 엄청나다는 막달에는 어떻게 버티나 그게 고민 이 되었다. 아침과 저녁에는 사람들이 늘 붐비는 시간대라 전 철이나 버스 좌석은 감히 꿈도 못 꿀 정도였다. 다행히 집 근 처 보건소에서 받은 임산부 배지가 있어 가방에 달았다. 그런 데도 임신 초기에는 배가 불러오지 않아 임산부 배지를 가방 위로 내보여도 자리 양보를 받은 적이 거의 없었다. 막달이 가 까워지면서 누가 봐도, '영락없는 임산부다!' 싶을 때에야 자리 양보를 운 좋게 받았다. 하지만 자리 양보를 해주신 분들은 대 부분 나이가 지긋하신 어르신이셔서 괜히 죄송스럽기만 했다. 임산부로서 누려야 할 권리 중 하나는 '임산부 배려석'인데 그

임산부 배려석에 앉아있어야 할 사람이 아닌 중년의 아저씨가 앉아있을 때 제일 답답했다. 여쭤보고 싶었다.

"당신의 아내나 따님이셨으면 양보해주셨을까요?"

전철 외에도 버스는 더 심했다. 전철과 다르게 도로가 울퉁불퉁한 도로를 지나는 버스 안에서 '봄이'가 혹여나 놀랐을까 싶어 매번 배를 어루만지기도 했다. 꽉 찬 버스 안에서 계속 서있다가 집에 올 때면 종아리가 부어 아팠다. 부은 종아리를 주물러 주고, 편하게 누워있으라며 설거지하는 남편의 뒷모습을 보다가 잠들었던 하루가 반복되었다.

아! 그러고 보니, 기억에 남는 한 사람이 있었다.
어느 날 식은땀을 흘리며 손잡이를 부여잡던 내 모습을 슬쩍 보던 여성분이 임산부 배려석에 앉아 졸던 대학생을 깨워 자리 양보를 권유했다. 그래서 좌석에 앉고 나서 스마트폰 메모장에 "배려해 주셔서 감사합니다." 그 여성분의 답은, '괜찮아요.'라는 수어와 함께 눈웃음이 되돌아왔다. 그 날 한 번 만나고 다시 전철 안에서 만나지 못했다. 잘 지내시죠?

입덧 지옥
그리고 임산부로서의 직장 생활

　　임신을 알고 난 후부터 3개월 내내 입덧으로
고생이 심했다. 남편의 저녁 식사를 차려주려다 헛구역질이
올라와 마저 다 차리지 못한 채 침대에서 끙끙거렸다.

　내 눈치를 보던 남편의 얼굴을 마주 보며 "괜찮아, 먼저
먹고 있어. 나는 괜찮아지면 그때 먹을게."라고 했지만, 밥솥
에서 올라오는 쌀이 익는 냄새가 나에겐 너무 고역이었다.
결국, 못 참고 화장실로 뛰어가 변기를 붙잡고 없는 속을 비
워냈다. 그렇게 몇 날 며칠 내내 변기와 '친구'가 되어버렸다.

　냉장고를 열 때마다 나는 냄새와 요리할 때마다 나는 냄
새가 내 입덧을 유발시킨다는 것을 알고, 남편은 당분간 밖
에서 외식하고 내가 먹을 만한 음식을 사 오기 시작했다.

　내가 드라마를 너무 많이 봐왔던 걸까? 극 중 임신한 여
자가 밤중에 남편을 깨워 자기가 먹고 싶은 음식을 사 오라

는 말에 남편이 어기적거리며 다녀오는 모습을 그려보며 한참 잘 자고 있는 남편의 등을 톡톡 두드렸다. "여보~."라고 부르지 못하는 대신 살짝 그의 등을 쓰다듬어본다. 무슨 일이 생긴 것처럼 화들짝 깬 그의 얼굴을 마주 보며 말해본다.

"나, 딸기가 먹고 싶어…."
"딸기가? 흠…. 동네 마트는 문 닫았을 텐데….
그렇게 먹고 싶어?"
"응, 나 오늘 하루 종일 토해내기만 했지, 못 먹었잖아.
근데 지금은 딸기가 당겨."

임산부를 잘 모시지 못하면 그 한이 오래 간다는 말을 수없이 들어온 남편은 어쩔 수 없이 새벽의 공기를 들이마시며 덜 깬 잠을 떨쳐낸다. 그로부터 30분이 더 지났을까? 내 눈앞에 있던 딸기가 참 윤기가 나고 달콤해 보였다.

"봄이가 딸기로 엄마 아빠의 새벽을 깨웠지만,
그래도 괜찮아. 엄마는 아빠의 마음을 더 알아갈 수 있어서
좋았어."

그렇게 새벽 내내 입덧과 싸우느라고 피곤에 지친 몸을 이끌고 직장 생활을 했다.

입덧의 후유증을 감당하기가 힘들었음에도 불구하고 많은 배려를 보여주신 경기도 농아인협회 신동진 협회장님과 이정숙 사무처장님 이하 전 직원의 마음 덕분에 봄이는 태중에서 10개월 내내 건강하게 자라고 있었다.

농인 임산부는 임신 초기부터
출산까지 수어 통역사가 함께

        내가 거주하고 있는 동네에서 그리 멀지 않은 곳에 수어통역센터가 있어서 다행이었다. 수어통역센터와 산부인과, 그리고 소아과가 가까이에 있었다. 그게 아들 예준이를 낳으라는 운명이었구나 싶을 정도로. 감사하게도 수어통역센터 측의 배려로 정기 검진 때마다 수어통역을 통해 태아의 발달과정이나 출산 이후 모든 필요한 검진은 잘 끝낼 수 있었다. 하지만 복병은 있었다. 바로 출산 당일이었는데 아기가 언제 나올지 몰라 나도, 남편도, 수어 통역사도 모두 비상대기 상태이어야만 했다. 가진통과 진진통이 뭔지도 모르는 초보 임산부는 매일 진통 주기를 체크해 가며 스마트폰을 달고 다녔다. 37주가 되기 전 조기 진통이 오는 바람에 검진을 받다 말고 대학병원에 2주 정도 입원했던 적이 있었는데 그땐 정말 하루 종일 누워있기만 해서 답답해 죽는 줄 알았다. 허리도 아팠고, 남편은 출근하고 소통이 잘 안 되는 병원 입원실에서 혼자 있기가 싫어 남편이 올 때마다 늘 물어봤다.

"나 언제 퇴원하는 거야?!"
"의사 선생님이 상태를 보고 퇴원하라면 해야지. 좀만 참아."
"차라리 집에서 누워있으면 몰라도 여긴 정말 갑갑해."
"그래도 봄이가 지금 태어나면 안 되니까
봄이를 생각해서라도 견뎌봐."

다행히 조기 출산 위험은 벗어나 태어나도 괜찮은 37주를 넘겼다.

그러던 어느 날 출산 예정일이 아직 2주일 정도 남았고, 마침 남편의 회사에서 롯데월드 입장권을 준다 하여 함께 산책 겸에 출산 전 마지막 둘만의 데이트를 즐기기로 하고 가서 분위기만 내고 오던 중에 갑자기 하복부에 통증이 느껴져서 서둘러 집으로 향했다. 그런데 갑자기 친정엄마가 서울 집으로 오신다는 것이었다. '가는 날이 장날이었던가.' 그날 밤에 잠을 청하던 중에 하복부 사이로 뭔가 '왈칵' 하고 쏟아지는 느낌이 들어 무거운 몸을 일으켜 화장실로 갔더니 세상에나, 피가 철철 흐르고 있었다. 아주 약한 진통이 느껴질 때마다 수시로 수어 통역사 선생님과 메시지를 주고받던 중이었기에 이런 증상이 있다고 메시지를 보내고 침착하게 마음을 추스르고 통신 중계 서비스로 산부인과 당직실에 전화했다. 친정어머니도 계셨지만, 주무시고 계셔서 일단 나 혼자서라도 해보자는 생각이었다. 바로 병원으로 오라는 말에 나는 남편부터 깨우고 나갈 채비를 했다. 친정어머니도 함께 계셔서 그날 밤에 병원에 무사히 입성할 수 있었다. 왜냐하면, 밤늦게나 새벽에는 병원 입구가 닫혀있어 따로 호출벨을 누르고 음성으로 말해야 했는데 친정어머니 덕분에 들어갈 수 있었다. 출산을 할 때에도 수어 통역사가 오시기로 했는데 계속해서 연락이 닿지 않았다. 나중에 들은 속사정은 감기약을 먹는 바람에 깊은 잠에 빠져버려 미처 연락을 받지 못했다는 것이었다. 하지만 나는 충분히 이해하고 남았다. 밤늦은 시간대와 새벽 시간대에는 누구나 쉽게 달려올 수 없는 시간이기에. 그래도 무통 주사도 맞지 못하고 세상에서 가장 최대치의 아픔을 느낀 후에야 비로소 부모가 될 수 있었다. 농인 임산부를 처음 만났음에도 잘 대처해주신 산부인과 담당의와 간호사 선생님, 그리고 부모가 되어가는 과정마다 늘 함께해 주신 금천구 수어통역센터 김태순 센터

장님과 예준이의 미소만 봐도 무장해제된다는 김은영 과장님, 예준이 아빠에게 조언을 팍팍 주시는 정원철 대리님과 임신 때부터 쭉 통역을 지원해주신 전지현 주임님, 예준이를 은근히 챙겨주시는 하상필 주임님은 예준이가 오래도록 기억할 수 있는 이모, 삼촌이 되었으면 하는 고마운 인연이 되었다. 또, 산부인과마다 놓인 임산부가 언제 출산할지도 모르기 때문에 긴급 의료 전문 수어 통역사가 상주하면 나처럼 당황스러운 상황은 피할 수 있지 않을까 하는 마음이 들기도 한다.

엄마가 된 이후
처음 맞이하는 생일

생일은 내가 축하와 선물을 받는 날이 아니라 내 주위에 남아있는 사람과 환경에 감사해야 하는 날이다. 서른한 번째 생일 선물은 아주 가까이에 있는 '사랑' 그 자체였다. 익숙하지만 몰랐었던 사랑, 부모님과 설레지만 당연할 줄만 알았던 배우자와 양육의 무게에 기울어 놓칠뻔한 아들과의 사랑에 이어 추억에 젖은 친구들과의 우정도 생일을 통해 돌아보며.

나의 서른한 번째 순간 중에서 진심으로 살았다고 생각되는 순간은 사랑하는 마음으로 살았던 순간이었다. 그 순간만큼은 나의 행복이자 기쁨이었다. 지나고 보면 보석 같은 추억이었다.

#보석처럼단단하고
#별처럼빛나기만바란다
#내가나에게말하는진심

엄마가 되고 나니까
만나지는 사람이 없어요
그래도 괜찮아요

하루 종일 아이와 함께있는 집 안에서 아이가
낮잠을 잘 때마다 카카오톡 메신저로 친구들과 대화하는 시
간이 좋았고, 위로가 되었다.

아이가 아직 100일 채 되지 않아 외출은 조금 어려웠기에
외출병에 걸린 엄마는 발이 근질거렸다.

그래서 저녁에 남편이 퇴근하고 왔을 때 아이를 맡기고 잠
깐 바람 쐬러 동네 한 바퀴를 돌고 온 적이 있었다.

동네 가로등이 비추던 어느 놀이터에서 어느 부부가 아이
를 데리고 놀아주던 모습을 봤다.

"예준이가 얼른 커서 아빠하고
재미있게 노는 모습도 보고 싶다~"

그렇게 한참 돌던 중에 카카오톡 메시지 알림 진동이 울렸다.

"아기는 잘 크고 있어? 우리 언제 만날까?"
"한 백 일 좀 지나야지 외출은 자유롭게 할 수 있다고 하더라."
"괜찮아 네가 편한 대로 시간을 정해줘. 나야 늘 괜찮아!"

"있잖아요. 만남의 횟수는 중요하지 않은 것 같아요. 왜냐 고요? 만남의 깊이가 더 중요하니까요.

매일같이 만나도 모를 사람의 삶은, 어쩌면 우리가 지나칠 수도 있던 그 순간을 미처 몰랐던 것을 좀 더 깊이 들을 준 비를 했는가가 중요한 것 같네요.

우리가 길을 걷다가 발에 치이는 낙엽이 어느 순간 예뻐 보이는 것처럼.

자주 만나지 않아도 괜찮아요. 잘 있다는 안부 정도로 충 분해요. 우리가 비로소 만났을 때 그 시간만큼은 서로의 삶 을 충분히 나눌 수 있다면 행복한 것이지요. 낙엽들도 여기 저기 흩어진 것처럼 보이지만 멀리서 보면 멋진 작품이 되거 든요."

'엄마 맘대로 해석하는 예준이 옹알이'

"엄마! 나 오늘 새벽에 꿈꿨는데 말이죠.

꿈에서 무척 넓고 예쁜 수영장에서

엄마랑 같이 첨벙첨벙 수영하며 놀았어요.

예준이는 물이 참 좋아요. 신나게 놀았는데….

엄마가 아침부터 요란 떨어서 지금 깼잖아요."

예준이 눈빛이 말하는 이야기

때론 말보다 눈빛이 큰 울림을 줍니다. 화려한 문장보다 진실 된 눈빛이 더 감동적입니다. 그렇듯 아이는 엄마의 눈빛을 배우며 자랍니다.

어느 안과의사의 명언에서도 세상에서 가장 아름다운 눈은 오드리 헵번도, 엘리자베스 테일러의 눈도 아닌 '나를 우호적으로 바라보는 눈'이랍니다.

「풀꽃」이라는 시로 나태주 시인이 말합니다. "오래 보아야 예쁘다 / 자세히 보아야 아름답다 / 너도 그렇다" 엄마를 오래 보고, 자세히 보아주는 예준이의 눈빛이 말합니다. "오늘은 엄마가 뭐 하는지 궁금해서 혼자 잡고 일어서서 봤어요. 넘어질까 봐 두려웠지만 엄마가 뒤돌아 웃는 모습을 기대하며 섰는데 엄마가 웃으니까 저도 행복해졌어요."

너의 눈빛이 말한다.
"엄마, 사랑해요."
나의 마음이 말한다.

"예준아, 사랑해."

'키우다'라는 동사를
좋아하게 됐어요

　　'키우다'라는 동사를 마음으로, 시간으로 배웠던 지난날들이 새삼 떠오르네요. 시간만큼, 마음만큼 키워지고 키우게 되는 '사랑'은 더욱 그러한 것 같아요. 아담한 마음의 텃밭에서 씨를 뿌려 물을 주고 햇볕을 쬐어주며 살아온 시간만큼 '나'를 키워왔던 것 같아요.

　때론 비바람이 불어와 위태로웠고, 때론 가뭄이 일어 목말랐던 시간은 이내 '나'를 영글게 했었네요. 앞으로도 찬찬히 성장할 나의 마음속 텃밭이 기대되네요.

'차마'라는 글자를 돌아보며

　불현듯 찾아온 우울감이 나의 시간에 시련을 안겨다 준 것 같았다.

　산후 우울감을 잘 이겨낼수록 단단해지는 것 같았다.

　으레 아이를 낳은 여자가 겪는다는 경험이라고 하지만, 나에겐 무척 힘들었던 시간이었다. 오래 사회생활을 하다가 만난 아이였던 만큼 어떻게 사랑하는지도 감을 잡을 수 없었다.

　이번 주는 '차마'라는 글자 그대로 버티려고 한다. 어쩌면 몇십 년 전의 엄마들은 '차마'라는 글자를 마음에 품고 인생의 반 이상을 버틴 것 같다는 생각이 문득 든다. 애정과 슬픔을 오가는 가운데, 오늘도 이 아이는 나한테 애정을 바란다. 나는 애정을 기꺼이 쏟을 수 있지만 차마 내 인생까지도 이 아이에게 가르쳐 줄 수 없다.

믿어도 될까요? '우리'의 마음을

❖

'좋은' 부모가 되겠다고 초음파사진을 보며 설레던 그 마음을 믿어도 될까요?

따뜻한 양수 속에서 헤엄치며 행복한 미래를 꿈꾸던 너의 모습을 무척 궁금해 했던 우리의 마음.

조그만 손가락과 발가락 그리고 안아주다 떨어질세라 조심스러워 어쩔 줄 모르던 초보 엄마 아빠의 마음도 이제 사진으로만 볼 수 있고, 지금에서야 다시 돌려보게 되는 '추억'이 되었어요.

설레던 그 '마음'은 이제 조마조마해지고, 두근거리던 그 '마음'은 이제 바둥바둥거리는데

"엄마 아빠의 그 마음은 이제 믿어도 될까요?" 아이가 눈빛으로 물어보네요.

이제는 말할 수 있어요. "그래, 더디고 힘들지만 엄마 아빠 마음은 믿어도 된다." "너를 사랑하니까 믿어도 된다."

내가 행복해지고 싶었습니다
첫 번째 이야기

그 어떤 날보다 더 힘들었고 그 어떤 날보다 더 힘겨웠던 여름의 초입인 칠월이 끝났습니다. 쏟아지는 빗방울 사이에 간신히 서있는 나에게 누군가가 말해줬습니다. 빗방울들이 쏟아져 앞이 하나도 안 보여도 한 걸음만 내디뎌 괜찮다고 그 한 걸음을 내딛어보기엔 제가 안고 있는 삶의 무게가 버거웠습니다. 이 이야기를 읽는 여러분에게 느껴질 버거움도 미안합니다. 우산 사이로 비바람이 말하는 이야기가 저한테는 상처가 되었고 이내 아팠습니다. 언제쯤 비가 멈출까 하고 문득 하늘을 올려다보았습니다.

"행복해지고 싶었습니다."
"그래. 행복해지는 한 걸음을 한번 내디뎌보자."

햇살이 비치는 팔월의 아침이 밝았습니다.

내가 행복해지고 싶었습니다
두 번째 이야기

"요즘 괜찮은 거지?"

"육아, 힘들지?"

"엄마 되기가 쉽지 않지?"

　　　　오는 질문에 가는 대답은 늘 한결같습니다. "괜찮아요.^^" 아직 미소를 지으며 삶의 한 부분을 써내려가는 '여유'가 있습니다. '가정'의 테두리 안에서 아내로서, 엄마로서의 역할에 푹 빠져 살다 보면 어느 순간에 제 모습이 무엇인지를 잊어버릴 때가 있습니다. 그걸 다시 생각해내려고 제 마음이 말하는 대로 써보는 것일 뿐입니다.

　　이번 일주일 중에서 가장 행복했던 순간은 예준이가 엄마 눈을 바라보며 활짝 웃었을 때.

천천히 가는 길

늘 걷던 골목길을 오늘따라 천천히 걷는 내 시간

작은 골목을 돌아보면 나의 걸음과 마음도 천천히 발자국
이 된다.

빨리 걸어온 어제의 길은

마음이 지워졌고

천천히 걸어온 오늘의 길은 마음이 남았다.

'있잖아요.'라는 말,
요즘 좋아하게 됐어요

그 말을 영어로 번역해보면 "I'll tell you what."라고 나와요. 다시 한국어로 번역하면

"저, 하고 싶은 얘기가 있어요."

요즘 제 스마트폰에는 온통 아이 사진뿐이더라고요. 예뻐서, 지나치기 아쉬워서 나중에 크면 보여줘야지 하는 마음으로 '용량부족'이라는 메시지가 떠도 꽉꽉 채워 넣었어요. 그러다 내 사진이 문득 생각나면 찍어보고 그랬었지요. 내인생의 앨범은 늘 누군가와 함께한 사진이 채워지고 있어요. 남는 건 사진뿐이라고 열심히 찍어보고 있어요.

'오늘의 순간'을 담을 수 있어서 정말 다행이네요.

"있잖아요."라는 말,
좋아하게 됐어요_두 번째 이야기

❖

있잖아요. 이런 말이 있어요.

"아이가 태어나면 엄마가 잘해야지."
"아이가 태어나면 엄마가 마음이 강해야 돼."

저에게 사람들이 자주 해주신 이야기인데요.

막상 태어나고, 낳고 보니까 제가 얼마나 연약했는지를 인정할 수가 없더라고요. 다른 엄마들처럼 아이와 잘 지낼 줄 알았어요. 물론, 사랑하죠. 아이를. 잠시 떨어지면 생각나서 아이 사진도 보고 마트에 가면 아이 옷부터 보는 엄마이니까. 신랑에게는 이런 마음을 알려줄 방법을 몰랐고 자신이 없었어요. 그저 "힘들어요, 잠시 쉴 수 있는 시간을 주세요." 라고만 하고 집 근처 카페에서 혼자 있어 봤는데 마음이 자꾸 집에 있는 아기에게 가 있더라고요. '육아 스트레스'는 겪어본 사람은 잘 알겠지만, 곁에 있는 사람 그리고 주위에 있는 분들이 알고 이해해줘야 조금씩 나아지긴 하더라고요.

한 달 전만 해도 제가 완전 '암흑'을 헤매고 있었는데 그때마다 예준이가 '엄마'를 찾아요.

그리고 신랑은 출근하고 나서 문자메시지를 보내왔어요.

"나는 샛별이가 쓰는 글을 좋아하고, 샛별이가 요리해 주는 음식을 좋아하고, 샛별이가 아이와 놀아주는 모습을 좋아한다."

그래서 그저께부터 조금씩 제 마음을 소통하게 됐어요. 저처럼 아파하지 않게, 저처럼 힘들어하지 않게

'요즘'이라는 시기를 제가 잘 견딜 수 있기를 바라며….

'있잖아요.'라는 말,
요즘 좋아하게 됐어요._세 번째 이야기

❁

있잖아요. '이쯤 하면 그만 올려야지.' 하고 생각하고 있는데도 새벽에는 감성이 몽글몽글해져요.

아기와 함께 자다 보면 엄마가 잠을 깊이 잘 수 없더라고요.

아기가 새벽에 이불을 걷어차고 누워있다 엎드려서 자고 추울까 봐, 숨이 답답할까 봐 걱정이 많아지니까 중간에 깨서 살펴보고.

아기 아빠는 평일에 출근하고 퇴근하는 몸이라서 신생아 시기 때 함께 고생하다가 지금은 주말에 바통터치해요. 그래서 엄마도 잠 좀 자야 하더라고요.

아기 막 낳고 보면 사람들이 말해요.

"아기 잘 때 너도 자라고."
"아기 잘 때 같이 자야 돼."

저는 원래 낮잠을 잘 안 자는 편이라
"왜 같이 자? 집안일도 많은데…."
"왜 같이 자? 그냥 쉬기만 하고 싶어."

시간이 흐르고 보니까 '실컷 자는 것이' 어느새 소원이 되어버렸어요. 수면이 부족해지고 아기와 함께하는 시간이 늘어날수록 엄마의 피로도가 심해지더라고요. 아기가 자는 동안 추울까, 답답하지 않을까 혹시나 살펴보는 내 모습에 문득 내 어릴 적의 엄마 모습이 스쳐 갔어요.

새벽마다 느껴졌던 엄마의 손길이 어릴 때에는 그렇게 좋더라고요. 그래서인지 저희 엄마는 늘 낮잠을 한두 시간 잤어요. 이제야 이해되더라고요.

시간은 금방 간다며 다독여주는 그 마음들을 잘 알고 있으면서도 새벽에는 그렇게 잠이 안 오더라고요.

한없이 넓은 바다처럼
자녀가 언제든지 힘들 때
찾아와서 품어줄 수 있고
예쁜 경치도 함께 보고
속상한 마음을 파도에

함께 돌려보낼 수 있는
그런 엄마가 되고 싶어요.

세상에서 '가장 어려운 일'

몇 년 전에 누군가가 말하더라고요.

"나도 들었는데, 세상에서 가장 어렵고 힘든 일이 사람 한 명을 키우는 거래."

저는 그때 지나가는 말로 들었어요. "아, 그렇구나?"

그땐 잘 몰랐어요. 그저 '우리 부모님도 그렇게 힘드셨겠지.' 하고 지나갔어요. '양육'이라는 글자 그대로가 얼마나 무게감 있는 걸 잘 몰랐어요. 오랜 시간, 오랜 정성을 들여야 사람이 큰다는 것을.

우리에게 온 아이, 예준이는 하루하루가 처음인데 해가 뜨면 엄마가 웃으며 인사하고, 해가 지면 아빠가 웃으며 인사하니까 처음투성이 하루도 지나간다고 말하는 것 같았어요.

그러던 어느 날 예준이가 태어난 지 이백 일이 되었다고 알람이 울리더라고요.

순간 머리가 하얘지더라고요. "나 혼자 힘들면 되는데, 나 혼자 참으면 되는데."라고 버틴 시간 속에서 예준이는 그런 엄마의 마음을 아는지 그날따라 웃음이 많았어요. 보상심리라고, 고맙기도 했어요.

자책도 많이 했지만 아이를 낳은 일은 후회하지 않았어요.

"엄마인데 그 정도는 감수해야지?"
"아이도 낳았는데 그걸 왜 힘들어해?"
"키우기가 힘들면 집안 어른이 키워주는 곳으로 보내."
"왜 힘들어? 나도 힘들어."

사람마다 말은 다 달라도 저에게는 돌덩어리가 가슴에 얹힌 기분이었어요. 그걸 누구에게도 표현하기엔 제가 너무 어린애 같다고 생각했어요. 아이를 낳은 후 오랜만에 나선 외출길에 만난 벚꽃은 금방 피었다가 금방 지니까 늘 아쉬웠는데 아이가 크는 순간은 더 아쉽더라고요.

조금만 더 놀아줄 걸, 조금만 더 안아줄 걸, 아쉬워도 늘 어렵고 힘든 일, '양육'

양육을 통해 예준이가 행복할 수 있는 가정을 이룰 수 있게 엄마 아빠가 되어가는 길은 마치 인생에 늘 쨍하고 해 뜬

날도 비가 내리는 날도 있듯이 두렵고 힘들지만 '함께' 가보
자고 마음에 품어봅니다.

아이의 꿈 꾸는 새벽

고요해질수록
밝아오는 새벽에
그려보는
너의 행복한 꿈을
엄마는 안다.

엄마 품

(웃고 갑시다 시리즈)

엄마 품은 흔들리지 않은
편안함
아빠 품은 흔들리기 쉬운
불안함
엄마 품은 시몬스침대
아빠 품은 놀이 매트

예준이 낮잠 잘 때 엄마는 뭐할까?

있잖아요.
인생은 꼭 탄탄대로가 아니어도 괜찮아요.

흙먼지가 폴폴 나더라도
정감이 있는 '사람'을 만나고

길을 잘못 들어도 다시 돌아가거나
한참 가서 돌아오는 '경험'을 안고

표지판이 없어 헤매더라도
스스로 찾아 나서는 '용기'가 생기고

부품 하나가 고장 나도
잠시 쉬어 고쳐보는 '휴식'을 가지고

그렇게 원하는 속도대로 달리다 보면
좋은 인생이 나오네요.

예준이를 만난 지가
벌써 두 달이 넘었다

❁

　　사회생활을 7년 내내 하다가 쉬게 되면서 서툰 육아에 몸도, 마음도 잿빛 하늘이라 힘이 들었는데 신기하게도 힘겨울 때마다 예준이 손이 내 손가락을 움켜쥔다.

　　"엄마, 나 여기 있어요. 힘내요."

라는 메시지가 마음에 닿는다.
　수유를 하고 트림을 시켜야 해서 한참 동안 어깨에 기대주며 안아주다 보면 새근새근 잠드는 예준이의 숨소리를 마음 깊이 느껴보는 새벽이 제일 좋은 시간이다.

새벽이 밝아 올 때

새벽에만 뜨는
새벽별은 아무도 보지 못할 정도로
은은하게 빛나기만 하다가

어느 날 아기별이 나타나며
외로웠던 새벽별의 친구가 되고
함께 빛나기 시작했다.

그렇게 태양이 뜰 때까지
함께 세상의 새벽을
따뜻하게 비춘다.

오늘 아침의 풍경

❖

늘 그렇듯 예준이는 엄마 품에 안겨 바깥에 나가면 신이 나서 돌고래 소리를 내며 발버둥 친다. 지나가는 아저씨와 아주머니, 할머니의 시선을 즐기며 미소를 지어 보이는 그 여유, 나도 배우고 싶네. 어린이집이 눈에 보일까 싶던 중에 어디선가 울음소리가 들린다. 펑펑 울어 눈물 자국이 선명한 남자아이와 아들을 달래느라고 바쁜 엄마와 손자를 안쓰럽게 보는 할머니의 모습을 예준이와 함께 목격했다. 보청기가 울릴 정도로 큰 소리로 우는 형아에게 시선을 집중하는 예준이를 안고 있는 나는 형아를 달래느라 진땀빼는 엄마의 모습이 남 일 같지 않았다. 나는 양가 부모의 도움을 받지 않고 혼자서 양육해 온 거나 마찬가지다. 잠시 헬퍼분의 도움을 받아봤지만 안 좋게 끝내버린 기억으로 대신 어린이집을 보내고 있다.

"아이가 아직 어린데 왜 벌써부터 어린이집에 보내니?"

"아이에게 말을 가르쳐 줘야 하는데?"

"아이는 잘 듣는 거 맞지?"

그런 걱정과 우려는 기우였다. 어린이집 등 하원 때마다 울었던 적이 없었고, 낯가림도 없고, 옹알이도 제법 잘한다. 대신 엄마는 무슨 말인지 모르겠지만…. 크게 아픈 데 없이 예준이만의 방법대로 성장하고 있다. "엄마는 소리의 부재 안에서 성장했기에 세상의 소리를 일일이 가르쳐 줄 순 없지만, 너에겐 사랑 가운데 스스로 삶을 일궈나갈 수 있도록 감초 같은 역할을 다할게요."

#예준아빠도_네삶의조연으로
#네가주인공인삶을응원할게요

'엄마'의 또 다른 이름을 찾아볼게

'나에게 아이가 왔구나.'라는 직감은 임신테스트기를 구입하면서 왠지 모를 감정의 소용돌이에 빠지게 했다. 한 아이를 책임져야 하는 기쁨과 두려움이 교차했던 그날의 저녁이 다시 내 눈앞에 그려진다. 대학교를 졸업하고 사회생활을 길게 쉬어본 적이 없는 나에겐 집에서 오랫동안 한 아이와 함께한다는 것이 어색했다. 그런 나에게 또 다른 이름표가 붙여졌다. '예준 엄마'.

쉬는 시간이 길어질수록 아이는 나에게 눈빛으로 말한다. "두려워하지 말아요. 나는 엄마의 인생을 믿어요." 복직이 다가오는 요즘, 다시 너에게 마음으로 말한다.

"고마워, 믿어줘서. 너를 통해 오늘도 배운다."

하루하루 견디는 엄마가 아닌 자기 일을 하며 행복할 줄 아는 엄마의 또 다른 이름을 찾을 준비를 할게요.

복직을 앞두며

❖

　　　　　달력 한 장 차이로 다가오고 있는 복직 날짜가 말합니다. 한참 멀리 있다 싶던 시곗바늘이 보들보들한 갓난아기의 살갗이 조금씩 세상의 흔적을 만나듯이 시나브로 엄마의 일상을 향합니다.

　작아진 내복을 개면서 누가 가르쳐줄 것도 없이 괜찮다며 다독임 가득한 사랑을 배웠던 지난날을 되돌아봅니다.

　늘 부족하지 않고 넘치는 사랑을 주기만 하신 지난 세월의 부모들은 말씀합니다. "못 해준 것만 자꾸 생각난다." 저도 어느새 그 말을 되뇌게 됩니다.

복직 전날 밤

　　이제 오늘 밤만 지나면 복직합니다. 아이도 처음이었고, 엄마도 처음이어서 서로가 서로에게 익숙해질 때쯤에 엄마가 일터로 다시 돌아가게 됐습니다. 엄마는 엄마의 삶을 찾아가지만 아이는 엄마의 품을 찾고 싶어질 거라는 생각에 잠이 쉬이 오지 않습니다. 그 마음의 짐을 덜어내기 위해 함께 있는 내내 사랑으로 안아주고 품어왔습니다. 앞으로도 더 많이, 더 깊이 그래야 할 것이지만요. 감사하게도 낯가림 없이 많은 사람에게 안기며 웃어주는 서글서글함과 잔망미 가득한 예준이의 성격이 엄마 마음의 무게를 가뿐하게 합니다. 지금도 서툰 엄마의 첫걸음이지만 예준이가 세상을 향한 첫걸음을 씩씩하게 내디딜 수 있도록 든든한 엄마로서 다시 나아가겠습니다.

　　복직 이후 더 바빠지고 지치기 쉬운 삶의 연속이겠지만, 예준이의 웃음과 성장은 곧 엄마의 힘이 되고 기쁨이 되겠지요.

복직 당일 아침

엄마를 부르는 예준이의 인기척에 꿈틀거리며 일어난다. 조금만 더 잠에 취하고 싶지만 이 아이는 엄마의 손길을 원한다. 그래서 다시 정신을 가다듬으며 예준이에게 다가간다.

"우와! 오늘도 아침이 밝았네!"
"(발을 콩콩 구르며) 엄마~엄마~."

안전울타리 사이에서 우리만 아는 굿모닝 인사를 나눈다. 아침이 다 되어서야 엄마가 회사로 출근할 준비를 하는데 엄마 뒤를 졸졸 따라온다.

엄마가 드라이기로 머리를 말릴 때 그 옆에서 앉아 지켜보고, 엄마가 화장품을 바르다 말고 슬쩍 예준이를 보면 씨익 웃어주는, 예준이가 주는 사랑으로 '오늘'을 살아갈 힘을 얻는다.

첫눈처럼 나에게로 온 아이, 예준이

첫눈이 내리면 사람들은 약속이라도 한 것처럼 하늘을 바라본다. 아이는 태어나자마자 만난 사람이 엄마인지라 일상의 모든 순간마다 엄마를 바라본다.

"엄마가 너에게 말하고 싶은 이야기가 너무 많은데 지금 너는 세상의 언어와 소리가 새로워 보이기만 해서 엄마는 기다려볼 거야. 너는 자라서 엄마에게 세상의 소리를 보여주겠지? 그러면 엄마는 너에게 수어로 사랑을 말해 주고 싶어."

첫눈이 내리는 날에 어린이집에서 한창 놀고 있을 예준이를 마음속으로 그려보는 예준이 엄마는 오늘 결심했어.

'세상이 바라는 좋은 엄마보다 나다운 방식으로 너와 함께 행복해지고 싶다'고.

4.

우리의 이야기

우리 가족의 200일

"오늘, 예준이 200일이야."
"그럼 외식하자!"

'외식'은 더욱 예준이네 200일을 기억할 수 있는 계기가 되었다. 엄마로서 기억해야 할 일 두 가지가 생겼다. 먼저 한 가지 일부터 풀어봐야겠다.

퇴근하자마자 한걸음에 달려온 신랑이 1층에서 주차하는 걸 보고 예준이를 안아 들고 내려와서 카시트에 태웠다. 그런데 내가 탈 왼쪽 차 문을 열기에는 공간이 좁아 보여 먼저 탄 신랑에게 말하려고 열었다가 다시 차 문을 닫았다. 차 문을 닫는 진동을 느낀 신랑은 내가 탄 줄 알고 쌔애앵~ 가버린 것이다. 한 3초를 멍하던 나는 차 안에 스마트폰을 둔 걸 인지해 구두를 신은 것이고 뭐고 '타야 한다!' 이 생각만 하고 냅다 뛰었다. 산후 탈모로 아까운 머리카락이 빠질 정도로 뛰어가는 내 모습을 지나가는 아주머니와 할머니가 마치 '저 여자 왜 저래?'라는 표정으로 쳐다보신다. 신랑은 자기 뒤에 아기 혼자만 있는 걸 전혀 모르는 눈치였다. 제발 '신호 대기가 걸려라.' 하고 뛰었는데 앞쪽으로 오는 차가 있어 잠시 정차하는 거 보고 다시 뛰었다. 황급히 차 문을 두드렸다. 지나가던 아저씨 두 분이 놀라신다. 얼마나 세게 두드렸던지 내 손바닥이 불탄 줄 알았다.

"(주여… 감사합니다.) 헉, 헉, 문 좀 열어 봐…"
"(놀란 토끼 눈으로) 어 뭐야! 당신 안 탔어?"
"헉, 우헉, 이제 출발해."
"아휴, 미안해~ 미안해~. 탄 줄 알았어."
"폰이 내 손에 있으면 영통 하는데 없으니까 냅다 뛰었다."

그렇게 겨우 외식 장소에 도착했다. 숨을 돌리고 예준이를 유모차에 태웠다. 그런데 여기서 두 번째 반전이 있었다.

유모차에 예준이를 태우고 외식장소로 이동했다. 아직도 숨이 차오르는 것만 같았다.
지금 생각해보면 아찔했다. 신랑이 내가 없는 걸 알고 다시 집으로 온다 한들 저녁 시간대라 이 근방은 정체되는 거 알고 있어서 냅다 뛰어보니까 잘한 일이기도 하고….

여기서 반전은? 사실 나는 요즘 '육아 스트레스'로 마음에 먹구름이 드리워지기 시작했다.

겉으로는 내색하기에도 다들 겪는 일이라며, 금방 지나간 다는 사람들 말에 꾹꾹 눌러 담았다.

예준이를 좀 더 오랫동안 엄마 품에서 보듬고, 안아주고 싶었지만 일찍 어린이집에 보내며 마음속으로 많이 안타까워했다. 반면 매일같이 찾아오던 부담감은 조금씩 가벼워지기 시작했다.

그 마음을 들여다본 건지 신랑은 예준이와 예준이 엄마의 이백 일을 자축하자며 외식을 제안했다. 이날 오전에 계획엔 없었는데 귀한 분에게 짧았지만 의미 있었던 이야기를 듣고 온 거라 문득 궁금해졌다.

그래서 물어봤다. "내 모습을 보면, 막 아기 낳았을 때의 모습, 그리고 지금 내 모습을 비교해 보면 어때?"

신랑의 대답은 "지금 네 모습이 훨씬 더 가벼워 보여. 막 아기 낳고 보니 위태위태했었는데 어린이집 보낸 이후로부터는 괜찮아 보여."

그 이야기에 동감하며 다시 한 번 물어봤다. "아빠 되기가 힘들지? 나하고 예준이를 신경 쓰느라 그동안 힘들었지?" 신랑은 한동안 별말 안 하고 미묘한 표정으로 대신했다.

여기서 반전이라는 건 내가 그동안 내 입장만 생각하고 아파했다는 것이다. 신랑도 함께 마음속으로 힘들어했을 거라는 생각을 이제야 하게 되었다.

예준이의 이백 일을 통해 우리 부부가 '부모'로서 우리의 속도로 성장할 수 있겠다는 '희망'을 보게 됐다.

예준아

태어난 지 벌써 이백 일이 됐네.

길고도 짧은 그 시간 동안 잘 성장해줘서 고마워.

얼마나 엄마 손을 잡고 성장할까 싶기도 하지만

지금 이 순간만 기억할게.

엄마가 처음이고

너도 오늘이 처음이지만

지나간 순간은 엄마가

오래도록 마음에 담아둘게.

예준이와의 이백 일을 자축하며_

내 인생에서 두 번째로 만들어진 '얼굴이름' 그리고
농인 부모로서 만들어준 아들의 '얼굴이름'

❖

음성언어를 사용하는 청인(=비장애인)들이 부르는 이름과 수어를 사용하는 농인(=청각장애인)들이 부르는 이름이 있다.

나의 부모가 나의 탄생을 기뻐하며 지어주신 한글이름 외에 수어를 만난 이후로부터 두 번째 이름이 생겼다. 샛별이라는 이름을 풀이했을 때, '새벽 별'이라는 의미가 있어 새벽+여자로 합친 이름으로 대학교 동기가 만들어 준 얼굴이름.

농사회에서 한글이름 대신 '얼굴이름'을 사용하고 있는데, 주로 사람의 얼굴형이나 얼굴에 보이는 주요 특징을 살려서 짓는 경우가 많이 있다. 그만큼 농사회는 '보는 문화'와 '보는 사람'의 주류다.

결혼한 뒤로 남편의 지인들은 나를 호칭할 때 '곱슬머리+남자(얼굴이름)+아내'라는 수어로 표현하기도 한다.

이제 아들도 태어난 만큼 아들에게 첫 번째로 얼굴이름을 지어주고 싶어 아빠와 아들의 상관관계를 만들기 위해 '멋지다+남자'인 얼굴이름을 만들었다.

농인 부모가 코다 아들을 위해 몇 날 몇 밤을 고심하며 만든 첫 번째 얼굴이름을 예준이가 마음에 들어 할까?

작은 은하수

너의 눈빛 속
펼쳐진 은하수가
엄마 마음에 물들어
반짝거린다.

뷰파인더 속의 아들 그리고 아빠

오랜만의 여행길에 한껏 흥이 나신 예준이 아빠는 얼떨떨
한 예준이의 손을 잡아 바닷바람에 몸을 맡기네요.

'둘이 좋다면 나도 좋지요.'

일상에 바쁜 아빠와 그런 아빠를 기다리다 잠든 아들은
이번 여행을 통해 더 가까워지고 더 웃게 되는 순간을 선물
받았으면 충분하지요.

엄마와 아들의 '동상이몽'

❖

　　　어느 비 내리는 밤이었다. 번개가 치고 천둥이
울리는지 예준이가 오늘따라 밤잠을 못 자고 칭얼거린다. 예
준이 덕분에 오늘 알았다.

　　　난 천둥이 울려도 마음 편히 잠들 수 있지만,
　　　예준이는 그 천둥소리를 무서워한다는 것을.

　예준이는 '맘마' 소리를 안다. 밥 먹을 때가 되어 "예준이 맘
마 먹자~." 미리 젖병을 꺼내 분유를 넣는데 딸랑이를 가지
고 놀던 예준이는 어찌 알고 고개를 돌려 내 손을 쳐다본다.
　예준이는 '내꺼'를 안다. 요즘 자기가 가지고 노는 장난감
을 엄마가 가져다 숨기면 진동 알리미가 펄떡펄떡 튈 정도로
펑펑 운다.
　예준이는 '엄마 음료'를 안다. 낮잠을 아주 곤히 자길래 이

때다 싶어 냉장고를 열어 캔을 취이익~ 땄는데 고개가 휙….

난 소리가 나든 안 나든 상관없었지만,
예준이에게는 '소리'가 곧 '엄마의 움직임'이었다.

나도 엄마가 되어가고
너도 사람이 되어가지

　　　　예준이는 '타이밍'을 맞춰준다. 아기와 외출을 하려면 만반의 준비를 하고 가야 한다. 젖병과 기저귀, 그리고 물티슈, 간식거리, 장난감 정도로 챙겼는데도 가방이 터질 듯하다.

　외식은 예준이가 잘 때 후딱 먹기는 하는데 그 여파는 소화불량이거나 사레가 들어 요즘은 예준이가 울지 않으면 예준이 아빠와 번갈아 가며 먹는다. 간단한 대화를 나누면서 말이다.

　예준이가 기다려 주다가 우는 타이밍은 엄마 아빠가 거의 다 먹었을 때에 운다.

이제 이유식도 잘 먹고 엄마 아빠가 먹는 음식에도 눈독을 들이고, 엄마 아빠가 마시는 음료수도 자기도 마시고 싶은지 계속 집중하는 예준이를 보면 얼른 커서 같이 나눠 먹고 싶은 마음이 드는데 아이가 크면 클수록 곳곳을 돌아다녀서 먹기가 어려워진다는 주변 지인들의 이야기가 떠오른다.

누워만 있는 신생아 시절이나 배 속에 있을 때가 제일 편하다는 선배 맘들의 이야기도 공감이 되지만 커가는 모습을 보면 귀여움과 만감이 교차한다.

아이의 웃음이
오늘의 고단함을 잊게 한다

어제저녁의 늦은 귀가였는데도, 마치 아빠를 기다리는 듯 안 자고 버티던 예준이가 아빠의 얼굴을 보자마자 환한 웃음으로 맞이한다. 그렇게 셋이서 둘러앉아 서로를 향한 눈 맞춤을 시작했다. 늘 예준이는 우리에게 한결같았다.

그러면서 예준이의 미소를 본 예준이 아빠가 꺼낸 말 한마디에 눈시울이 붉어졌다.

우리가 살아있는 지금 이 순간에도 서로의 거리 가운데 삶의 여정을 시작하려는 예준이의 발걸음에 이끌려 부모라는 이름을 다시 한 번 불러본다.

어느 날 저녁의 이야기

　　밤마다 같이 누워서 일상을 속삭이며 서로를
마주 보는 엄마와 아들.
　어둠이 찾아온 방 안이지만 엄마와 같이 누운 예준이의
미소가 방 안의 온기를 채워준다.

　"(아들의 등을 쓰다듬으며)오늘은 잘 먹고 잘 놀았어요?"

　그 말을 들은 예준이는 엄마의 얼굴을 쓰다듬으며 잠을
청한다.
　엄마가 하는 이야기를 다 알아들을지 몰라도 엄마의 목소
리대로, 엄마의 수어대로 듣고 보는 예준이의 마음을 이해
하고 또 이해하려고 하는 엄마이기에.

우리 가족의 첫 번째 사계절

❖

엄마 아빠가 된 지 일 년이 되었습니다.

그 일 년을 채우기까지 서로 많은 일을 감당해야 했습니다.

'사랑'이라는 미명 아래 '가족'이라는 이름을 지키고 싶었던 제 마음은 이것으로도 충분히 위안받습니다.

"예준이 아빠, 일 년 동안 고생 많았어요." 세상의 기준을 좇아 살아가기 바빴던 엄마 아빠 가운데 소리를 알아가는 예준이와의 사계절은 참 빨리 흘러갔지만, 첫 번째 사계절은 다시 우리 가족에게 다독임 가득한 이야기를 들려주었습니다.

"그동안 서툴러서 힘들었지?
그래도 지금까지 충분히 잘해왔어.
앞으로도 예준이의 손을 마주 잡고
아주 특별한 이야기를 써내려가길 바라."

코다, 예준이가 잠들고 나서야 읽은 책,
『우리는 코다입니다』

　　'배송 완료 메시지'를 받고 얼른 집으로 달려가서 읽어보고 싶었는데, 예준이가 먼저 읽고 있더라고요. 그래서 기다렸다가 엄마도 읽게 되었습니다.

　"책은 완성됐지만, 우리의 이야기는 계속될 것입니다."

　말 그대로 어디선가 함께 살아가고 있을 코다들의 삶은 계속되고 있는 만큼 우리도 이들을 이해할 필요가 있습니다.

　자신을 어떻게 설명하고 이해할지를, 자신의 정체성과 이름을 찾기까지 오랜 시간을 건너야 했던 농인들의 외로움도 이해되지만, 특히 코다들은 두 세계 사이에서 무척이나 외로웠고 버거웠을 것 같았습니다. 이 책이 예준이가 코다라는 정체성을 찾아 나설 때쯤에 보여줄 '이정표'가 될 것 같아 무척 기쁩니다.

　엄마 아빠가 더 잘 보는 사람이지만 청인이 아닌 이상 청인사회에서 '다른 사람'이라 예준이의 사춘기에서는 힘든 시간이 될 것입니다. 언어는 다르지만, 더 잘 보는 부모가 되고 싶습니다. 아이의 마음과 눈빛을 더 잘 보고, 공감해주는 부모가 되겠다고 다짐해보며 이 책의 마지막 장을 덮습니다.

남편이 데려다주는 나의 출근길에서

　　　　　　출근길에서 달리고 있는 자동차의 창문을 스
치는 빗방울을 보고 있는 지금의 내 옆엔 남편이 있다.

　아들 예준이가 태어난 뒤로 뒷자리에 있는 카시트 옆에서
돌보는 데에 여념이 없었던 나는 이제 복직한 지가 4개월이
다 된 워킹맘이고, 남편은 예전이나 지금이나 변함없이 넥타
이족인 어엿한 직장인이다.

　오늘은, 연가를 낸 남편이 '선심 써서' 수원까지 태워다주
었다. 가는 도중에, 문득 생각나 말을 건넨 나로부터 시작된
대화였다.

　　　"참 오랜만에 조수석에 앉는 것 같아."
　　　"그러게, 아기 낳기 전까지는
　　　　조수석에 늘 당신이 앉아있었는데."
"예준이가 태어난 뒤로 조수석에 앉아본 기억이 별로 없어."

"맞아, 세차를 할 때 보면 운전석은 매일 탄 흔적이 있고,
조수석엔 아주 깨끗하더니만."

"그래도 오랜만이라서 그런지 좋다아~."

서로의 마음이 전해졌을까? 우리의 입가엔 잔잔한 미소가
번지기 시작했다.

아이가 태어난 뒤로부터는 우리의 마음에 서로 신경 쓰지
못하고 오직 아이의 모든 행동에만 몰두해 있었던 지난 시
간들이 스쳐 가는 빗방울처럼 내 두 눈동자에 스쳐 간다.

만삭의 몸이 무거워 힘겨워하던 나를 보고,

"자, 내가 수원까지 데려다줄게. 일어나봐."

가끔씩 아침 일찍 일어나 수원의 회사 앞까지 데려다주
고, 여의치 못할 때에는 퇴근 시간에 맞춰 수원까지 와준 남
편의 지난 노력들도 함께.

"나 당신과 같은 날에 연가를 쓰면,
그때 분위기 좋은 카페로 데려다줘? 응?"

빗길에 운전하고 있는 신랑을 배려한답시고 일부러 앞쪽으로 몸을 내밀어 수어로 말하는 아내를 보며 입꼬리를 올리며 수긍의 미소를 보내는 신랑의 얼굴을 본 지금의 내 마음은 가까워지는 회사의 모습을 바라보며 걸어가는 내내 봄이 벌써 온 것 같이 설렌다.

모든 것이 처음이라서

❖

       걷고, 뛰고, 오르는 등 신체 운동 능력이 향상 되면서 자신감도 높아지는 시기로 하고 싶은 것도, 호기심도 왕성해진 예준이는 엄마를 '들었다 놨다' 합니다.

모든 날, 모든 순간이 처음인 엄마와 아들의 일상은 매일 이 시트콤입니다.

엄마는 "예준아! 아니야~ 아니야~.", 예준이는 아는지 모르는지 웃으며 도망가더라고요.

원하는 것이 있으면 손가락으로 가리키는 예준이가 어느 날 앉아있는 엄마의 손을 갑자기 이끌며 물건을 올려두더라고요. 처음 겪어보는 아이의 발달과정은 늘 신기했습니다.

"이거 먹어보고 싶어~?"

수어와 목소리를 번갈아 내는 엄마를 바라보며 재차 손가락으로 가리키는 예준이를 보고 생각합니다.

"여러 방법으로도 충분히 자기의 의사를 말하는구나."

어렸을 때의 저는 늘 말하고 싶은 이야기가 있을 때마다 글로 풀어내는 습관을 가지고 있었습니다. 사람은 속으로 담아두는 그릇의 크기가 제각각 다르지요. 그럼에도 너무 담아두기만 하면 언젠가 넘치기 마련입니다.

담양에서 처음 만난 대나무숲에서 홀린 듯이 빠른 걸음으로 뛰어오는 예준이의 순간을 담으며 한 번 더 되뇌어봅니다.

'예준이가 하고 싶은 말, 꿈꾸는 모든 것이 엄마 아빠에게 전해질 수 있는 방법은 아주 다양하다는 것'을.

잠든 아들에게 속삭이는
엄마의 이야기

아들이 늘 행복한 꿈을 꾸기만 바랐던 그때의
엄마는 지금에서야 행복한 꿈을 이룰 준비를 한다.
이 모든 일은 너로부터 시작한 만큼 이보다 더 행복한 일
은 없을지 몰라도 지금의 엄마는 충분하다.

"세상의 모든 소리를 들으며 살아가는
너의 걸음 뒤에서 늘 서있을게."
"엄마는 네 웃음소리를 듣지 못해도
미소를 볼 수 있는 것만으로 기쁨이 전해진다."

에필로그

'예준이가 하고 싶은 말, 꿈꾸는 모든 것이
엄마 아빠에게 전달되는 방법은 아주 다양하다는 것'을.

아이를 통해 세상을 다시 바라볼 수 있었습니다.

아이를 통해 부모를 다시 바라볼 수 있었습니다.

소리의 부재 가운데 성장한 한 여자와 한 남자가 만나 가
정의 테두리 안에서 숱한 시행착오를 겪었습니다.

코다로서의 삶을 살아갈 예준이가 삶의 주인공으로서 세
상을 알아가는 데에 저희는 조연으로 많은 사랑을 들려주
고, 보여주고 싶습니다.

세상에서 가장 듣고 싶고, 궁금한 아들의 목소리가 엄마
아빠의 마음에 닿을 수 없겠지만 좀 더 자라서 엄마 아빠의
언어와 문화를 이해한 후에 눈으로 볼 수 있는 아들의 이야
기가 더 기대가 됩니다.

그렇게 아들의 목소리가 보일 때까지 늘 함께하는 일상마

다 최선을 다하는 부모가 되고 싶습니다. 못 듣는 엄마가 아닌 더 잘 보는, 예준이의 눈빛과 마음을 잘 볼 수 있도록 사랑하는 마음에 집중하고자 합니다. 지금의 예준이는 이제 부모의 언어를 알아가고 있습니다. 어느 날 갑자기 엄마가 건네준 빵 한 조각에 '맛있다.'라는 수어로 기쁨을 안겨주었고, '주세요'라며 귀여운 손바닥을 내밀어 보이는 예준이의 애교에 저희 부부는 늘 웃게 됩니다. 이렇게 흘러가는 일상마다 늘 깨닫습니다.

아, 역시 세상의 소리 가운데 우리 가족은 소리보다 더 강한 의미를 깨달았습니다.

소리보다 더 좋은 말은, 사랑한다는 말을 수어로, 마음으로 전달할수록 그 사랑은 훨씬 감동이었습니다.

예준아, 오늘도 사랑해.

아주 많이.